Akinobu & Ryū

「花屋の二階で」

店ではいつも軽口ばかりの龍の声が、いつ聞いたものとも違う気がして、口元に明信は目を奪われた。
沈黙は重くならず、ただ目を合わせて長い時間が部屋を埋める。
「……食うぞ、そんな目で見られたら」
（本文P.75より）

花屋の二階で

毎日晴天！5

菅野彰

キャラ文庫

この作品はフィクションです。
実在の人物・団体・事件などにはいっさい関係ありません。

目次

口絵・本文イラスト／二宮悦巳

帯刀《おびなた》家の両親が逝《い》って家長になったとき、思えば長女志麻《しま》はまだ十七歳だった。なのに意地っ張りな負けず嫌いの性格で、誰も頼りたくないと遊ぶのをやめて年をごまかして水商売を始めてしまった。それを嫌がった長男の大河《たいが》と二年ぐらいは喧嘩《けんか》ばかりして、家の中はいつもごたごたしていた。

八歳の三男丈《じょう》の言い分を聞いて、四歳の末弟真弓《まゆみ》の幼稚園の支度を整えて。十歳だった次男の明信《あきのぶ》もそれで精一杯で、縛られることを厭《いと》う志麻がどれだけの我慢をしているのかわからずに時々その苛立《いらだ》ちの尾を切ってしまうことがあった。

——志麻姉、お願い。丈のジャージにゼッケンをつけてあげて。

いつまでもゼッケンのないジャージでかまわず体育の授業を受けている生まれつき大ざっぱな性格の弟を気にして、何度も明信は志麻に頼んだ。自分でつけてみようとも思ったけれど、小さい手に長い針は余ってうまくいかない。

——まゆたんが幼稚園で使うタオルも……みんな手縫いなんだよ。志麻姉。

弟たちのことを言えば無理をしてもなんとかしてくれる大河も、そのころは家を明けることが多かった。不自由をさせまいと志麻はよく働いたけれど家の中のことは得手《えて》ではなく、よく癇癪《かんしゃく》を起こした。

知るか、これで誰かにやって貰《もら》えと、金を置いて志麻は仕事に出てしまった。無理を言っているのは明信もわかっていた。それにやらないと言ったらもう志麻は絶対にやらない。けれど十歳の明信も、置かれた金とゼッケンのついていないジャージをどうしたらいいのかわかるはずもない。

滅多《めった》に泣かない子供だったけれど、このころ明信は一人で歯を食いしばって泣くことが多かった。父や母のことを思うことが多かった。きっと兄弟は皆、そうだったのだろう。負い切れないものを負おうとして、どうしたらいいのかわからなかったのだ。

——……あー、悪ぃ。玄関開いてたからよ。

居間で膝《ひざ》を抱えて泣いているところに声をかけられて、びくりと明信は顔を上げた。

志麻と仲のいい幼なじみが、少し気まずそうにそこに立っていた。

——なんか今志麻がよ、ゼッケンつけてやってくれとか怒鳴りながら出掛けてったからまたなんかあったんかと思って。

両親が死んだばかりの兄弟のことをよく気にかけてくれた少年は、何故だか敷居のところに立ち止まって入って来ない。

——おまえ、ちっこいころも全然泣かねえかわいげのねえガキだったのに。

困り果てたように、少年は溜息《ためいき》をついて明信の涙を見た。

——いっつもそうやって、独りで泣いてたのかよ。

苛立った声さえ聞かせて、額を上げていた髪を少年は掻《か》いた。はらりと前髪が下りて、子供のころよく遊んでくれた少年の顔に返る。

——いいよ、泣けよ。俺にならば遠慮することねえだろ。

畳の部屋に足を踏み入れて、少年は乱暴に明信の頭を撫《な》でた。

——ガキが一人で泣いてんじゃねっつの。

最近、怖いとばかり思っていた幼なじみの怒った口調を、不思議にやさしく明信は聞いた。

——どれだ、ゼッケン。俺こういうの得意だからよ、つけてやっから。他にもなんかあったら持って来い。

——なんで、得意なの？

——特攻服、自分で繕うしな。お袋はそんなもん縫ってくんねえしよ。

特攻服、と言って笑った少年に、明信はまた憂鬱《ゆううつ》な気持ちを大きくした。そのころ巷《ちまた》では、爆音を立てて群れる暴走族が毎日のように事件を起こしていたのだ。

——暴走族、楽しい？

長女がついこの間までバイクで走り回っていたことを、明信もよく知っていた。

——んー？　んー。

顔に似合わない穏やかな曖昧《あいまい》な返事を、少年は寄越《よこ》した。

——志麻姉は、暴走族に戻りたいのかな。

――はは、そんなこたねえさ。

ぽつりと呟《つぶや》いた明信を、少年は笑った。何故だか少しほっとして、無闇《むやみ》にその言葉を明信は信じ込んだ。

――ただ、あいつは今まで好きなように自由にやってきたからよ。時々癇癪起こして当たっちまうんだよ。おまえはやさしいから、余計に。そんで後で落ち込んでんだ、あれでも。器用にゼッケンを縫い付けて、少年が歯で糸を切る。

――勘弁してやってくれ。な？　志麻も本当はまだガキなんだよ。

――僕……志麻姉のこと怒ってなんかないよ。

そうか、と、笑って少年は次々と縫い物を片付けてくれた。頼もしい大きな手を、随分と久しぶりの穏やかな気持ちで明信は見つめた。

よく見ると少年の腕には、火傷《やけど》や打撲の痕《あと》が沢山あった。自分より無茶な馬鹿がいると、前に志麻が呆《あき》れていたのがこの幼なじみなのではないかと、不意に気がつく。

――龍《りゅう》ちゃんはやめないの？　暴走族。

咄嗟《とっさ》に、無防備に明信は尋ねてしまった。

――危ないよ。もう龍ちゃんもやめなよ。

顔にも傷があるのに気がついて、明信は怖くてまた泣きそうになった。

――そうだなあ……。

怒られるかと思ったのに、溜息のように龍は苦笑した。

――どんなもんでも一旦始めるとやめるタイミングが難しいな。別に楽しかねえんだけどよ……もう。

それきり、龍は言葉を継がなかった。

風鈴が鳴っていたから、あれは夏の終わりだったのか。両親の逝った年には、祭りの記憶もない。毎日が酷《ひど》く足早だった。

十三年も、前の話だ。

「……懐かしい夢、見ちゃったな」

寝起きの、ことさらぼんやりしている裸眼で、明信は天井を眺めた。

「なんで今頃、あんな夢見たんだろ……」

呟きながらいつもの場所をいくら手で探っても、眼鏡が見つからない。

目を細めて、なかなか起きない頭でそれでも、何かがおかしいことに明信は気づいた。天井の板目の向きが、自分の部屋のものと違う。何より朝の光の差す方角が違うし、いつでも朝早くから騒がしい家族の気配がしない。

それに初冬だというのに妙に温かくて、身動きが儘《まま》ならない。

「丈？」

隣に布団を敷いて寝ているはずのすぐ下の弟を、試しに明信は呼んだ。応《こた》えはない。

段々と、何かとてつもない不安のようなものが、明信の胸に迫った。不安の正体はまだ見えない。何しろ本を読み倒して裸眼では歩くことも儘ならなくなった寝起きの目では、すぐには何も確かめられない。

取り敢《あ》えず伸びをしてみようと少し身を捩《よじ》って、自分が裸で寝ていたことに明信は気づいた。

「……どうして？」

夏でも長袖《ながそで》のパジャマを着ている自分なのに何故と、不安は大きくなる一方だ。

なんとかはっきりして来た目を細めると、やはりどう考えてもここは自分の部屋ではない。

「じゃあ一体」

何処《どこ》に泊まったんだと考え込もうとして、明信は右を下に体を横に向けようとした。けれど後ろから自分を拘束する何かがあって、思うように動けない。もがくと、何か鈍い筋肉痛のような感覚と変に鋭い覚えのない痛みが、背を走った。

しかしそのことより何より明信を驚愕《きょうがく》させたのは、苦労して寝返りを打った瞬間目の前に裸の胸があったことだった。

「な……っ」

背から自分を引き留めていたのはその腕だと気づいて、跳ね起きる。相手も自分も、どうやらすっかり裸だ。

訳がわからず眼鏡の影を探して、明信は恐る恐るそれを耳にかけた。

「ああ……なんだ、起きたのか。明《あき》」

その気配に気づいてか、だるそうに長い髪を掻いてやけに立派な上半身をした、男が、起き上がる。

「……龍ちゃん……」

夢の続きか、一体どういうことかと大混乱を起こしながら、明信は呆然《ぼうぜん》と龍を見つめた。いや、夢の続きにしては龍は少年のようなかわいげはなく、少年のような怖い目はしていない。

「なんだなんだ、もう九時じゃねえか。仕入れサボッちまったな」

時計を見て慌てながら、布団《ふとん》の回りに散らばっている服を龍が着込む。

見ると、畳の六畳間に明信の衣服も、まるで脱ぎ散らかしたかのように点在していた。取り敢えず裸のままではいられないと、必死で衣類を身につける。

ようやく明信が一番上のボタンをかけるころには既に、龍は布団の端に胡座《あぐら》をかいて煙草《たばこ》に火をつけていた。

「……布団の近くで煙草、良くないよ。燃えやすいから」

気になってつい、丈に言うような小言を言ってしまう。混乱しているときほど、当たり前のことしか目につかないものなのか。

「ん？　ああ、そうか。そうだな」

少しらしくないぼんやりした様子で、龍はつけたばかりの煙草を灰皿に押し付けた。

しんと、他に人のいない和室が静まり返る。窓からは竜頭《りゅうず》町商店街のビニール花が電信柱から下がっているのが見えた。ここは龍のやっている花屋の、二階の母屋だとようやく明信が気づく。

「朝飯、食いに行くか。な、大通りのファミレスにでも」

「うん……」

口頭試問のときより頭をフル回転させて、昨夜のことを明信は思い出そうとした。どうしてここに泊まったのか。何故二人とも裸なのか。何よりこの初めての倦怠《けんたい》感は一体なんなのか。俯《うつむ》くと畳には、酒瓶が三本転がっていた。そういえば頭も痛い。普段はほとんど口にしない酒を飲んだらしい。滅多に飲まない酒に酔って、記憶が飛んだということなのだろうか。

「どした」

「うん……その、僕……やっぱり朝ご飯はいいや」

「そうか」

「食べられそうもないから」

「そうだな」

不毛なやり取りをしてまた、二人して黙り込む。

「……明」

「ぼ、僕もう帰るよ。着替えて学校に行かないと」

呼びかけられて、何か核心に迫ることを龍が言う気がしてそれを遮《さえぎ》るように明信は立ち上がった。途端、また鈍い痛みを覚えたがその訳を追及するのも今はただ恐ろしい。

「そうか、じゃあ下まで行くわ」

「いいよ、一人で……」

「どうせ店、開けなきゃなんねえし」

手を振る明信に肩を竦《すく》めて、龍が立ち上がる。

気まずく、ひどく気まずく、二人は無言で階段を降りた。

パニック寸前の明信はもう一刻も早くここを去りたかったが、足が縺《もつ》れて走りだすこともできない。

「……あのよ、昨日」

通用口の鍵に手をかけながら龍がまた口を開いたのと同時に、なんの前ぶれもなくけたたましい音を立てて、花屋のシャッターが叩《たた》かれた。

そんなはずはないとわかっていながら明信は反射的に兄なのではないかと疑って、びくりと肩を揺らして龍の背に入る。

「おいっ、死んどるんか！　客やどっ、何やってんねん!!」

外からシャッターを叩いているのは、この花屋のバイト高校生、明信の末弟の恋人勇太《ゆうた》だった。

「……叩くな、ただでさえボロいシャッターだっつうに。今開ける」

まだ寝起きの倦怠を拭《ぬぐ》えずに髪を掻きながら、シャッターの鍵を取って龍が通用口を開ける。

「何寝とぼけとるんや。祥月命日《しょうつきめいにち》なんやて、ばあちゃんがここに立って待っとんねんぞ」

「おまえこそなんなんだよ、学校はどうした。遅刻だろ」

「真弓が先にちゃりんこで行ってもうたんや。朝から喧嘩や、つまに」

「どーせ犬も食わねえようなもんなんだろ？」

相変わらずだらしなく制服を着ている勇太を眺めて往来に出ながら、洗ってもいない顔を龍は擦《こす》った。

「龍ちゃん、台なしだよ。商店街一の赤木圭一郎《あかぎけいいちろう》みたいな美貌《びぼう》が」

「やあおばちゃんごめんごめん。サービスするから勘弁してよ」

お客の婦人と向き合った途端営業用の満面の笑みを浮かべて、龍がシャッターに鍵を差し込む。それにしても赤木圭一郎たあ誰だといつも思うが口には出さない。女子高生にはキムタクと言われソリマチと言われ、結構忙しい花屋である。

「あ？」

無造作に龍が上げたシャッターの向こうに呆然と立っていた明信を見つけて、勇太は眉《まゆ》を寄せて龍を見た。

「なんや、昨日はゼミのなんとかで泊まるんやなかったんか？」

「……思ったより早く終わって」

何しろ自分が余りよく覚えていないのだから言い訳らしい言い訳も見つからず、ただぼんやりと明信が答える。

「まあ、ちょっと飲んでるうちにな」

明信には少しも似合わない言い訳を付け加えて、龍は墓参り用の白い菊を束ね始めた。

「こんな目と鼻の先に泊まらんでもええやないか。まあ、どうでもええけど」

言ってからわざわざ自分が小言を言うようなことではないと思い直して、勇太が頭を掻く。

「けど珍しいやないか、おまえがこんな外泊するってよ。もう大河とは仲直りしたっちゅうに、そういうたらなんや最近おまえがうすらぼんやりしとるて真弓が気にしとったで」

明信の長男と末弟の名前を口にして、ちらと勇太は明信を見た。先日まで、明信は長男の大河と留学問題を巡って商店街中に響き渡るような長い喧嘩をしていたのだが、奥日光《おくにっこう》の紅葉を待たずに和解した。そしてすっかり家の中は落ち着いたかに見えたのだが、真弓が心配していたと言うとおり、確かにそれ以来明信は少しぼんやりしていた。

「ごめん」

普段なら絶対にあり得ない、酒で記憶を飛ばした揚げ句あらぬ姿で目が覚めるという失態をやらかすぐらいである。

「俺に謝ったかてしゃあないがな。どないしたん」

「いいからおまえもこんなとこでダラダラしてねえで、さっさと学校行けっつうの。ったくよ。はいおばちゃん。二百円でいいわ、おばちゃんに負けて花がかすんじまってっからな」

「やだよ龍ちゃん、上手なんだから！」

まだ本格的な寒さは迎えていないというのにブリザードを吹かせるようなことを平気で言って、龍が昨日の菊を安価で売り飛ばす。

「……うわさぶっ。俺あんなん死んでもよう言わん」

嬉《うれ》しそうに花を抱えて去って行く老婦人を見送りながら、両手で肩を摩《さす》って勇太は震えた。

「バーカてめ、お世辞の一つも言ってやれねえで花屋のバイトは務まんねえぞ。真弓のことだってなあ、もうちょっとかわいがってやんねえとどっかの誰かに連れてかれっちまあかんな」

「なんやそれ、聞き捨てられんなあ。何処に他のやつの影があるっちゅうねん」

「おーおー、たいした自信だこと」

「当たり前や。朝から晩まで一緒におんねんぞ、気配があったら気いつくわアホ。だいたいええ年こいて女の一人もおらんようなあんたにそんな忠告されたないわ」

元々相性が悪いのか、いやこれをいいと言ったものなのか一つの戯《ざ》れ言《ごと》に三倍返しをして、花屋の主とバイトの仲は朝から険悪を極める。

「ばかやろう、ガキには教えねえだけで、俺にだって女の一人や二人三人や十人」

「どうせ風俗か飲み屋で引っかけた名前もようわからんような女やろ」

「昔のおまえと一緒にすんな」

「龍ちゃん」

ポンポンと言い合う二人を仏壇花に塗《まみ》れながら立ち尽くして眺めていた明信は、話を遮って龍を呼んだ。

「そしたら、僕もう行くね」

笑いもせずいつもよりどうしても掠《かす》れる声で言って、明信が花の中から出て外に向かう。

「あ……ああ。その、気をつけろよ」

「何が気をつけろや、朝っぱらやで。飲み屋で引っかけた女帰すみたいやんけ」

女を送り出すようなことを言った龍に呆れて、勇太が余計な口を挟んだ。

ピクリ、と、龍と明信の両方の肩が揺れて、お互いの足が止まる。

奇妙な沈黙が、朝の花屋の店先を襲った。

「……なんや、おかしな雰囲気やな」

「いいからおまえは学校に行けっ」

顎《あご》を摩るという高校二年生ぴちぴちの十七歳にはとても見えない仕草で勇太が向けた視線から逃れて、明信が速足で店を離れる。

歩くたび段々と、かつて全く経験したことのない感触がまた明信の肌を襲った。歩いていられずに、立ち止まり電信柱に縋《すが》り付く。

「なんかした……」

両手で電信柱を抱いて、わなわなと明信は呟いた。

「絶対……なんかしでかした……僕」

それがなんなのかわかるようでわからず、いやわかりたくはなく。トイレ待ちの金物屋の犬に追い立てられて、明信はふらふらと自宅に向かった。


現在都内某国立大の大学院で勉強中の帯刀明信《おびなたあきのぶ》は、五人兄弟の真ん中に生まれた。並外れて行動的な姉が一人、三つ年上の兄が一人、弟が二人。長女志麻《しま》は暴走暴力窃盗等を経て何度も警察の世話になり、両親が逝って多少おとなしくなってからは水商売で長男を高校に行かせた後風俗ルポライターとして名を馳せ、とにかく騒乱に事欠かない人物だった。日本に飽きたのか過去の尻拭《しりぬぐ》いが限界を迎えたのか一年前の夏に長男の高校時代の同級生と結婚すると嘯《うそぶ》き、その青年に家の中のことを押し付けて南米に消えたという目茶苦茶な人だ。長男の大河《たいが》は若いころ姉に反抗してかなんなのか随分荒れたが、末弟が怪我《けが》をしてからはぱったりおとなしく生《き》真面目《まじめ》といっていいほど真面目な人間になってしまった。姉ほど破天荒にはなれないと自分に見切りをつけた瞬間があったと、ふと呟いていたのを明信は聞いたことがあるが、次男からしたら長男は充分破天荒な一面を持ち合わせている。すぐ下の弟丈《じょう》は明るく元気なボクサーで、あまり悩むということを好まない。末弟の真弓《まゆみ》は高校二年生になったが、明信の中ではまだ幼稚園児ぐらいの大きさでいる。いけないいけないと思っているのだが、時々縁側のバースと呼び間違えてしまうことがある。バースは巨人ファンの老犬だ。

などと呑気《のんき》に家族紹介をしている場合ではなかった。

その長男と末弟のおかげさまで、常々明信は絶対にこんなことになってはならないと心に決めていることがあった。別に彼らの嗜好《しこう》がいいとか悪いとかの問題ではなく、四人兄弟のうちの二人が既にそうなのだから、せめてここは次男の自分が、天国の父母に孫の顔を見せてやらなくてはと思うのだ。

長男の恋人は今現在帯刀家の居間で夕飯の配膳をしている阿蘇芳秀《あすおうしゅう》、末弟の恋人はその義理の息子の阿蘇芳勇太《ゆうた》だ。真弓と勇太は学校でも部屋でも一緒だというのに、居間でまで何やら楽しそうに話している。今朝の喧嘩は本当に犬も食わなかったらしい。

——何が気をつけろや、朝っぱらやで。飲み屋で引っかけた女帰すみたいやんけ。

その朝っぱらに似合わない勇太の言葉が、箸《はし》の先に飯粒を載せたままぼんやりしている明信の耳に返った。

何故龍《りゅう》はあんなことを言ったのか。そういえば朝から龍も妙に落ち着かなかった。信じたくないし考えられもしないが、信じたり考えたりしなくてはならないところだろうか。

「なんかあったのか明信」

「な……なななななななんで⁉」

ぼんやりしているところを、いきなり直球でついてきた兄に驚いて、明信が悲鳴に近い声を上げる。

何の気なしに聞いた大河は、眉根を寄せて箸をちゃぶ台に置いた。

「なんか、あったな絶対」

「なんでっ、なんでそんなこと……っ」

考えていたことが考えていたことなのでどうにも狼狽《ろうばい》が納まらず、この騒がしい家の中では比較的落ち着いているはずの明信が声を裏返らせる。

「だって絶対変だもん明ちゃん」

自分はとっくに一膳食べ終え斜め向かいから兄の静止画像を見ていた真弓は、茶を啜《すす》りながら口を挟んだ。

「ああ、変だよ明ちゃん。熱でもあんのか？」

隣から減量に入りつつある丈が、明信の顔を覗《のぞ》き込む。

「そういえば風邪が流行《はや》ってるみたいだね。ビタミンとらないと」

少し紅潮して見える明信の頰《ほお》に冷たい指で触って、秀は熱だろうかと首を傾《かし》げた。

「風邪やと箸の上に飯粒載っけて十分もぼっとすんかい」

もう茶まで飲み干しながら、片眉を上げて今日は花屋のバイトが休みの勇太が明信を意味深に見る。

「ぼ、僕っ、お風呂！　お風呂入って来る!!」

その勇太の目が自分の知らないことまで知っているように見えて、衝動で明信は飯台を立ち上がった。

「おい……なんかあったんなら」

この間大きすぎるぐらい大きな喧嘩をしたばかりなのであまりしつこくもできない大河が声をかけたが、自分の食器も片付けずに明信が廊下に飛び出る。

明信が食器の片付けもせずに風呂に入るなど前代未聞で、残された兄弟は訝《いぶか》るばかりだ。

しかしそんな家族の困惑を置き去りにして、明信は脱衣所に飛び込んだ。部屋は丈と同室で、この家で明信が一人になれるのはトイレと風呂だけなのだ。

「頭、冷やさないと……」

服を脱ぎ捨てて明信は、まだ湯が沸いてもいない風呂に駆け込んだ。

「つっ、冷たい！」

桶《おけ》に取った湯船の水を頭から被《かぶ》って、その冷たさに悲鳴を上げる。

そして鳥肌の立った体を見下ろして、明信は目を疑って息を飲んだ。

「何、これ」

肩に痣《あざ》、胸に虫に食われたような跡がいくつも残っている。右の胸に指先で触れて、ふっと、龍の声が明信の耳に触っていった。

——いやだったら言えよ、明。

熱い息をかけられたように耳が、酷い熱を持って目眩《めまい》を起こす。

——……明。

「うわあっ」

叫んで、明信は冷たい湯船に考えなしに飛び込んだ。もう水が冷たいと感じる余裕もない。

「……夢？　環境が……僕にそんな良くない夢を……もうっ、恨むよ大河兄まゆたん」

呟いて明信は、居間の方を振り返った。

「嘘《うそ》……ごめん。環境が悪いなんて思ってない……こともないけど」

けれど言ってから後悔が襲って、誰もいないのに一人で謝る。

「やばい……本当に熱、出て来たかも」

くてっと明信は、湯船に手をかけて凭《もた》れかかった。

景色が回って、ただでさえうすらぼんやりしている視界が歪《ゆが》む。意識が遠のき始めていることに気づいて、明信は入らない力を必死に腕にこめて湯船を出た。

「今倒れたら……これ見られる……」

理性の塊なので怪しき痣をつけたまま倒れることはできず、這《は》いずるようにして脱衣所に出る。水滴をまだ残したまま明信は、よろよろとパジャマを身につけた。

「明ちゃん？」

まだシャツのボタンの留め終わらぬうちに、トントンと秀が脱衣所の戸を叩く。

「大丈夫？　なんか声が聞こえたから、転んだのかなと思って」

しきりと気にしている大河に言われて様子を見に来た秀は、戸の向こうでそれを開けようかどうしようか葛藤《かっとう》していた。

「開けていい？　明ちゃん？」

問われて、ようやく明信は最後のボタンをかけ終わる。

「開けるよ？」

声と同時に秀が脱衣所に入ってくる音を聞きながら、目の前が真っ白になって明信はその場に倒れた。

枕元で水銀の入った古いタイプの体温計を睨《にら》んでいる兄に気づいて、明信《あきのぶ》はうっすらと目を開けた。どれだけ眠っていたのか、薄い硝子《ガラス》の張られた窓の外が明るい。だが熱の下がった様子はなかった。

「ああ、気がついたか明信。大丈夫か」

額のタオルを取って、大河《たいが》が枕元の盥《たらい》で絞り直す。

「あんまり下がんねえな、熱。おまえがうわ言みてえに医者はいい医者は行かないって言うもんだから一晩様子見たけど、今日は呼ぶか行くかした方がいいだろ」

すぐにタオルを置かず、大河は少し様子を見るように明信の顔を覗き込んだ。

「……どうして医者に行かないなんて言ったんだろ」

眼鏡がなくても表情がわかるところまで寄った兄を見上げて、倒れる前のことがすぐには思い出せず明信が呟く。

「知らねえよ。行かないー、とか真弓《まゆみ》みてえなこと言って、なんかべそべそ半ベソ掻いてたぞちっちぇえガキみてえに。おまえガキのころもああいうことなかったのにな」

そんな醜態を見せてはもう真弓に歯医者に行けと叱《しか》れないと、明信は溜息をついた。いつもなら風邪をひいても酷くなる前に一人でさっさと医者に行くのに、随分自分らしくない駄々を捏《こ》ねたものだ。

「寝込んだりもしなかったなあ、おまえ。麻疹《はしか》とおたふくぐらいであんまり風邪もひかなかったよな」

そう言ってから何故だか酷く済まなそうに、大河が明信を見る。

「寝込んだら余計な手間かかると思って、酷くなる前に薬飲んだり生姜湯《しょうが》飲んだりして治してたんだろ」

「大河兄だってそうだったじゃない」

どうしても熱のせいでぼんやりしてしまいながら、熱い息を明信は吐いた。

「俺は元々が頑丈なんだよ。でもおまえは結構……そんなに丈夫でもなかったし。ったくガキのくせによ、変な気い遣いやがって」

いまさらのように子供のころのことを思い返して、大河が眉を寄せる。

「それ、子供のころよく言われた……」

子供のくせに、もっとわがままを言え甘えろと、志麻《しま》に襟首《えりくび》を摑《つか》んで揺すられたことを思い出して明信はくすりと笑った。生意気でかわいくない子供だという意味で、よその大人に言われたことも何度もある。

「でもあんまり子供らしい気持ちがなくて、本当に僕。言われると困ったなあ。志麻姉にも、よく言われたけど。ビール注がせながら言うんだもん」

「……なんだ、懐かしいこと言って」

少しだけ切なそうに笑って、大河は明信の額に手を伸ばした。冷やした額ではまだよく体温がわからず、耳の下に掌《てのひら》で触れる。

途端、びくりとした肌に明信は、何故自分が強情に医者に行かないと言い張ったのか訳がわかった。聴診器を当てられたら肌を見られると思って、必死に拒んだのだ。

「どうしよう……」

呆然と呟いた明信に首を傾げて、大河がもっと深く熱を探る。

「……また熱が上がったぞ。解熱剤入れるか」

「入れるかって……な、何それっ！　やだっ、絶対やだよ!!」

枕元に置いてある医者の薬の袋から大河が薬を取り出すのに、はっとして明信は肩を起こした。

「何真弓みたいなこと言ってんだいい年こいて」

何がいやなのかわからないという顔をして、大河が明信を叱る。

「いい年こいてるからやなんだよ！　だいたい子供のころ病院で看護婦さんに入れられるのもすごい屈辱だったんだから!!」

「ケツから入れるのが一番効くんだぞ」

「だいたいそれいつの？　まゆたんが小学校のときに病院から貰ったやつじゃない!?」

「そんなに古くねえだろ。中学校ぐらい……いや、やっぱ小学校のときのやつだな。心配すんな、冷蔵庫に入ってたんだから」

あまり台所をしない長男と三男は冷蔵庫に入っているものは永遠にノープロブレムだと信じ

ていて、時々家族をこういう目に遭わせようとした。

「薬にも期限があるんだよ！　座薬は飲み薬より早……っ」

熱のせいか簡単に明信は高ぶって、起き上がろうとしてぐらりと視界が歪む。

「おい、大丈夫か。そんなに興奮すんな座薬ぐらいで。じゃあ少しなんか食って解熱剤飲め、な？」

慌てて大河は明信を支えて、朝に一度取り替えたシーツに寝かせた。

横にされたときに髪を撫でつけられた気がして、全く慣れない大河の手のやさしさに明信が惑う。

「どうしたの、仕事」

そういえば平日なのに何故こんなに悠長なのだろうと、朝はいつも不機嫌なはずの兄を明信は見た。

「秀《しゅう》も締め切り中だし、家で見張ってるっつって今日休んだ」

「僕の熱ぐらいで休むことないのに……」

そうでなくても大河は学生のころから、真弓がおたふくになった、丈《じょう》が木から落ちて骨折したと言っては学校を休むはめになったりしていたのにと、溜息をつく。

「……滅多にねえことだからよ」

曖昧に笑って、やはりらしくない甘さを、大河は覗かせた。

「最近おまえなんか、元気なかったの具合悪かったからなのか？　それともやっぱ……留学のこと引きずってんのか」

遠慮がちに問われて、明信が即座に首を振る。

留学するしないと大喧嘩をしたのは本当についこの間のことだ。行きたくないという明信に大河が金を出してやるからどうしても行けと言って、普段は張らない意地を明信が張り通してほとんど初めてと言ってもいい長男と次男の喧嘩は長引いた。

「しつこいか、俺」

「違うよ。でも慣れない喧嘩したから、ちょっとは疲れたのかもしれない」

頭を掻いた兄に、明信は笑った。

言いながらけれど、本当を言うと元気がなかったのは具合が悪かったせいなどではないことを胸にしまう。気が抜けたのかもしれないと、自分でもよくわからない気持ちが削げていた理由を深くは考えずに明信は息をついた。

答えを少し疑って、けれど尋ねはせずに大河がもう一度濡らしたタオルを明信の頭に載せる。

「なんかして欲しいことあったら言え。甘えろたまには」

ちょっとした埋め合わせを、兄がしようとしていることに明信は気づいた。

寝込んだ自分を見て大河は、子供のころに次男がそんな風に手がかからないようにしてきたことに気づいてしまったのだ。自分が何か子供らしいことを我慢して来たというなら兄はもっとそうだったのだろうに、それを自分の目が届かなかったせいのように思っている大河に明信は泣きそうになった。熱で涙腺も、いつもよりずっと緩い。

「ごめん、休ませちゃって」

「締め切りだって言っただろ。ほら、なんか言ってみろ。アイスでも買ってくるか？」

「いらない。……ねえ大河兄」

でも本当は子供のころも、熱を堪えているときにこんな風にしてみたかったのだと明信は思い出した。

性格なのかなんなのか、自分はそういうことが酷く不得手で、だから手がかからなかったのは誰のせいでもない。

「ん？」

そう思いながら、最近何か引っかかるように気持ちの端を引かれていることを言葉にすることはできず、明信は大河を呼んだ。

「手、握って」

「……あ？」

ぼんやりと耳慣れないことを言った明信に、片眉を上げて大河が尋ね返す。大慌てで大河は、体温計を振ってまた熱を測り直した。

「救急車……呼んだ方がいいかもしかして。いや担いで医者に」

「変？　僕がこんなこと言うの」

独り言のように大河がうろたえて呟くのに、細かく息を継ぎながら明信が問う。

「だっておまえ……真弓だってもうそんなこと言わねえだろ」

「そうかな。まゆたんはきっと高熱出したら言うよ、絶対」

「……そうだな」

言われて、そうでなかったらさすがに自分もまだちょっと寂しいと思いながら、大河は明信が真弓が言いそうなことを口にする違和感を思った。

「おまえは、一度もそんなこと言ったことねえな」

「物心ついたときには丈がいたし」

「本当に色々、おまえには我慢させたな」

胸におさめてはいられなくなって、不意に、しみじみと大河が呟く。

「我慢なんて……丈もまゆたんもかわいかったし。僕あんまり、ああしたいこうしたいってなかったから不満なんてなかったよ」

慌てて、明信はそういうつもりではないのだとまた首を振った。

我慢をしたとは、本当に思っていない。丈も真弓も下の兄弟らしく手がかかったが、疎ましく思ったことはあまりない。本を読むのを邪魔されると困ったけれど、寧《むし》ろ丈には、手を引かれて遊ぶことが多かったぐらいだ。

「丈のわがまま聞いて、橋を渡っちゃ駄目だって言われてたのに川の向こうに行ったりしたことあった……」

ふと、小さな子供のころのことを思い出して遠くを見る。

川の周りも橋も、今のように整備されていなかった。まだ両親が健在で、川には近づくな、決して子供だけで橋の向こうに行くなときつく言い渡されていた。川を挟んで見える橋の向こうの町は、未知の、空想の領域だった。

「僕一人じゃ絶対冒険しないから楽しかったなあ」

「おまえ、死ぬんじゃねえだろうな……」

ふっと笑って言った明信を、大河が訝って揺する。

「なんか死に際みてえだぞ」

「大河兄」

真剣に問いかけた大河を、首を傾けて明信は呼んだ。

「手、握ってよ」

差し出した手を、慌てて大河が両手で掴む。

「……なんで泣いてんだ明信」

「え?」

問われて、明信は自分の目から涙が零《こぼ》れ落ちていることに初めて気がついた。

「あれ？　なんでだろ」

泣いていると知った途端、また後から涙が落ちる。

「熱で涙腺壊れちゃったんだきっと」

訳を説明することはできなくて、熱い息をついて明信は言った。

息を飲んで大河が、強く明信の手を握る。

「手の感覚ない……」

力任せに摑まれているせいで感覚がないのに、具合が悪いせいだとますます危ぶんで、大河は正気を確かめるように明信の頰に触って軽く揺すった。

――いっつもそうやって、独りで泣いてたのかよ。

その体温がスイッチになって、昨日夢にも見た十歳の夏の夕方を思い出す。

――いいよ、泣けよ。

どうしていまさら、何度もあのときのことを思い出すのだろう。ずっと忘れていたのに。

「僕もう、ゼッケンつけられるのに……」

ゼッケンが縫い付けられない、頼りない小さな自分に返ってしまったようで、心細さに胸を摑まれる。

「医者だ……医者……っ」

呟きに耳を傾けて大河は、顔色を変えて明信の手を放し立ち上がった。

「……大河兄……？」

駆け出した大河に首を傾けて明信は名前を呼びかけたが、聞かず大河は部屋を飛び出して行く。

「明信が変なうわ言を……死んじまう……っ!!」

狼狽した大河が階段を途中から転がって落ちる音が、日頃からあまり静かでない竜頭町三丁目に一際大きく響き渡った。


明信《あきのぶ》の心配を知ってか知らずか医者はパジャマの裾《すそ》から聴診器を入れて、お座なりに胸の音を聞くと布団を直した。

町外れにぼろい診療所を構えている「藪《やぶ》」という名のその医者は、溜息をついて枕元で自分を睨んでいる大河《たいが》を振り返った。

「夜まで来ねえたあどういうつもりだ藪医者」

呼んだのは午後だったのに、夜まで放って置かれたことを恨みに恨んで大河が唸《うな》る。

ちなみに「藪」はあだ名ではなく本名である。だが人々はいつしか、深い意味を込めて彼を

「藪」と呼ぶようになっていた。

「しょうがねえだろ、喘息《ぜんそく》の発作起こして手が付けられねえガキが運び込まれて来て、引き取り先探すんで大変だったんだよ。生きるか死ぬかだったんだぞ」

「こっちだって生きるか死ぬかだ」

「何処がだよ。知恵熱みてえなもんだろ、多分。風邪でさえねえぞ、胸の音もきれいなもんだ。ったくおめえはいつもいつもちっとのことで大騒ぎしやがってよ。喉《のど》も悪くねえし鼻も通ってる。リンパもちっとも腫《は》れてねえ」

「本当だろうな藪医者」

「心配なら川向こうの大学病院にでも連れてって上から下まで調べて貰え。何が死ぬだ、死ぬかこんぐらいの熱で」

　歯を剥《む》いて藪は、聴診器を診察鞄《かばん》に乱暴に突っ込んだ。

「ったく弟たちにまでいらねえ心配かけやがって……」

　ちらと、藪が顔を顰《しか》めて布団の足元の方を見る。

「明《あき》ちゃん！　しっかりしてくれよ明ちゃん!!」

「明ちゃーんっ、死んじゃやだよう……っ」

　足元の辺りでは弟たちが、布団に突っ伏して泣き喚《わめ》いていた。

「死なねっつってんだろがガキどもがっ。俺が来てるっつうにいい加減にしろ！　人聞きの悪い!!」

「え？　死なないのか明ちゃん」

「死なないの？」

顔を上げて丈《じょう》と真弓《まゆみ》が、涙でぐしゃぐしゃになった顔を袖で拭う。

「うーん……重い……足元が重いよ……」

ずっと熱に魘《うな》されていた明信は、うわ言のように呻《うめ》いた。

「……良かった。僕には死なないように見えるのは他人で薄情だからなのかと思って胸が痛んだよ」

襖《ふすま》のところに立ってはらはらと様子を見守っていた秀《しゅう》が、安堵《あんど》して小さく涙ぐむ。

「だって明ちゃん熱出したりしたことないし」

「兄貴が死ぬ死ぬ大騒ぎするからだろ……」

死なないとわかると急に気恥ずかしくなって、弟たちは兄を責めた。

「だってよ」

「あっ、大河兄がだってって言った！」

「るせえ。明信が変なうわ言言い出しやがったんだ。もうゼッケンつけられるとか……手え摑んでくれとか」

すかさず揚げ足を取った真弓を睨んで、やはり恥ずかしくなりながら大河が頭を掻く。

「ゼッケン？」

きょとんとして真弓は、なんのことだと首を傾げた。

「子供のころの夢でも見たのかな。オレ覚えてるよ。明ちゃん五年生になったときさ、家庭科の授業でやったっつって。もうゼッケンつけられるよって」

ああ、と丈がそんな昔の記憶を手繰《たぐ》って、不思議そうに明信を見る。

「あ、思い出した。真弓の雑巾《ぞうきん》もタオルもみんな縫ってあげられるよって」

言われて真弓も、幼稚園のときのその出来事を思い出した。

「オレ少年野球のユニフォームも明ちゃんに直して貰ったぜ」

「真弓スモックにお花もつけて貰った……」

「……明ちゃん、子供のころからそんなに」

次々と古い記憶を蘇《よみがえ》らせる弟たちに、秀も堪えられずはらりと涙を落とす。

「明ちゃん……っ」

「うえーんっ、死んじゃやだあっ」

「だから死なねっつってんだろ！　だいたいもう熱も大分下がってるつんだ。……ったく、まあなんか変わったことあったら電話しろ。うわ言ぐれえでかけてくんじゃねえぞ!!」

また泣き伏した丈と真弓に畳を蹴《け》って、藪は大河にきつく言い渡して立ち上がった。

「……畜生、ホントに大丈夫なんだろうな藪医者。明信になんかあったら殺すぞ」

「まだ言うかクソガキがっ」

長男をクソガキ呼ばわりして、手元にあったティッシュの箱を医者が大河に投げつける。

「あ、あの、お世話になりました。先生」

一体どういう人間関係なのだと疲れながら、秀は籔に礼を言って下まで送ろうと襖を開けた。

「どういう修羅場や、これは」

廊下ではバイト帰りの勇太《ゆうた》が、臨終の床《とこ》のような部屋を呆然と眺めている。

「びっくりしてもたで、帰ったら何処もかしこもあけっぱなしで誰も下におらんし。なんや、明信の熱が下がらんのか」

ブルゾンの前を開けながら、顔を顰めて勇太は真弓と丈を見た。

「ううん、もう大分下がったみたい。先生もお帰りになるところだし」

もう何をどう説明したらいいのかわからず、ただ苦笑して秀が答える。

敷居のところで腕組みをして、ちらと、少し意地の悪い顔で勇太は明信を見た。

「昨日なんや悪さでもしたんちゃうんか」

「なんてこと言うんだよ勇太！　明ちゃんがこんなに苦しんでるのに!!」

少しの揶揄《からか》いも許さずに、真弓が歯を剥いて勇太に嚙《か》みつく。

「そうだっ、明ちゃんがそんなことする訳ねえだろ！」

久々に丈は、猛突進で勇太に摑みかかった。

「ええ年こいてそんな思い込み、明信かて迷惑やろ。二十三にもなりゃ悪さの一つや二つ……」

「そんなことあるかっ、自分と一緒にすんじゃねえ！」

一年前と比べて随分と体格差が縮まった二人が、そろそろ腕試しの頃合いかと揉《も》め始める。

「……もう、今生きるの死ぬのって大変だったのがやっと納まったって言うのに……そんなこと言って」

「よさんかガキどもっ、病人のいるところでバタバタと！」

疲れて溜息をついた秀の隣で、藪が向こう三軒両隣に響き渡るような声で怒鳴った。

目を見開いてその声に驚いている明信にはさすがに済まなくなって、丈と勇太が取っ組み合いをやめる。

「あー……そんでな。客来とるで」

ばつ悪げに頭を掻いて、いまさら勇太はそんなことを言って廊下を指した。

さらにもっとばつが悪そうな顔で、気まずげに龍《りゅう》が、居づらさを露《あらわ》に廊下に立っている。

「龍さん」

意外な人物の来訪に、少し驚いて秀が声を上げた。

「どしたの龍兄」

「久しぶりじゃねえかよ、龍兄」

「……何しに来たんだよ、龍兄」

恋人が世話になっている真弓と、子供のころから少なからずあれこれ世話になっている大河、そして戦いを挑んでは黒星しかついたことのない丈が一斉に声を上げる。思えばそれぐらい久しぶりの来訪だ。元々は長女の同級なので、志麻《しま》がいなくなってからは龍の足もこの家から遠のいていた。

「いや、別にどうって訳じゃねんだけどよ」

雁首揃《がんくびそろ》えられて困り果てたように、龍は眉間《みけん》に皺《しわ》を寄せて顳顬《こめかみ》を掻いた。

「勇太が、珍しく明が熱出したって言うしよ。久しぶりに寄ってみっかって、な?」

同意を求めて龍が、力任せに勇太を肘《ひじ》で弾く。

「あいたっ。……まあ、そういうことらしいで。なんや知らんけど見舞いの花まで持って」

肘で突かれた腹いせに、勇太は新聞紙で包んだ白い菊を指した。

「白い菊たあどういう縁起だよ」

「死んでねえぞ、明ちゃん」

意外に縁起にうるさい大河と丈が、龍の手元を見て眉根を寄せる。

「るせえ、日和が良くてこれしか残んなかったんだよ。父ちゃんと母ちゃんの仏壇に上げとけ」

店の残りを持って来ただけで別に見舞いのつもりはないと、手近な秀に龍は花を押しつけた。

「……明には、うちに隣から貰った桃缶があったからよ。ほら」

そしてますます居心地が悪そうに、龍が新聞で包んだ桃缶をさらに秀の手に載せる。

「ありがとうございます。これなら食べられるんじゃない？　明ちゃん」

「……う、うん……」

横たわっている明信も居たたまれなく、困り果てて龍を見た。

「じゃあ、僕これ開けるから。みんなもそろそろご飯……」

「そうだな。腹減った」

遠慮がちに言った秀に大河が九時近い時計を振り返って、今思い出したように腹を摩る。

「なんやまだやったんかおまえら」

「だってさー、大河兄が明ちゃん死ぬって大騒ぎするからさー。藪先生もご飯食べてけば？」

きゅうと腹を鳴らして、真弓は口を尖《とが》らせて大河を見た。

「だから……悪かったよ。まあ先生も食ってって、メシ」

「遠慮する理由はねえな」

「取り分が減る……」

「大丈夫沢山あるから！」

それぞれ好き勝手なことを言ってどやどやと、メシだメシだと言って階段を降りて行く。

「そしたら、俺は仏壇に菊飾ろか。せっかく手に職ついたんやしな」

取り残された龍に言い残して、賄《まかな》いを貰って夕飯の済んでいる勇太も部屋を離れた。

文句が止まないのか下はいつもの倍騒がしいのに急に二人きりになって、しんと、部屋が静まり返る。

寒い廊下をいつまでも開放しておく訳にも行かず、勢い襖を閉めて梁《はり》に頭をぶつけそうになりながら龍は中に入った。

「あのよ……」

臆するところを滅多に見せない龍が口ごもって、乱暴に耳を掻く。

「悪かったな。熱まで出さして……俺のせいだよな」

「……な、何が？」

謝りながらどかっと枕元に胡座をかかれて、明信は声を裏返らせて肩を浮かした。

「いや、おまえ酔っ払ってたのによ……あんな真似しちまって。済まん！」

潔いのか開き直っているのか顔の前に手を立てて、大きな声で龍が頭を下げる。

息を飲んで、明信は唇を噛んで龍の旋毛《つむじ》を見つめた。

「あんな……真似ってどんな真似？」

緊張に、心音が耳をつんざいたが、そのままにもしておけず尋ねる。

「佐渡《さど》おけさを歌わせたとか安来節《やすきぶし》を踊らせたとか腹芸を強いたとか、そういう……ことじゃないよね」

取り敢えずゼミの飲み会で強要されそうになったことのある芸を、明信は並べて見た。

眉根を寄せて、問い返すように龍が顔を上げる。

「もしかしておまえ……覚えてないのか？」

顔を近づけて、信じ難いと龍は小声で聞いた。

コクリと、真顔で大きく明信が頷《うなず》いて見せる。

「そっか。じゃあ……その、悪かったってことで」

「待ってよ龍ちゃん！　僕……っ」

ならば敢えて謝罪の内容は語らないとさっさと立ち上がった龍の膝に、咄嗟に両腕で明信はしがみついた。

「思い出すのもすごく怖いんだけど、自分が何してたかわかんないままの時間があるのもとてつもなく恐ろしくて。全然聞きたくないんだけどどうしても聞いておかなきゃなんないような気が……っ」

「どっちなんだよ」

振り払って行く訳にもいかず、困り果てて龍が明信を見下ろす。

「わかんない……龍ちゃんが決めてよ」

自分からどうしても話してくれと言う勇気もなくて、膝に抱きついたまま明信は回答を龍に委ねた。

「決めてって言われてもな……」

溜息をついて龍が、明信の髪を摑んでくしゃくしゃと撫でる。足から引きはがして、向かい合うようにまた胡座をかいた。

「まあ」

胡座に頬杖《ほおづえ》をついて龍が、間が持たないのかポケットから煙草を取り出す。

「その話は、また今度にしようや、な？　熱も下がりきってねえみてえだしよ」

しかし病人の前だと思い直して、行き場のないセブンスターを龍は手の中で軽く握った。

「……うん。そうだね、そのほうがいいみたい……」

聞こうという緊張感だけで疲れ切って、がっくりと肩から明信が力を落とす。

「……大丈夫か、明」

「全然大丈夫じゃないよ」

「いや、そうじゃなくてよ」

腰を上げようとせず何か違うことを尋ねて来た龍に、彼の用事が見舞いや謝罪だけではないことにようやく明信は気づいた。

「店の前でばったり会う前のことも忘れちまったのか？　そういやなんか、最初っから酔っ払ってたなおまえ」

言われて初めてそんなところでばったり会って龍の部屋に上がったのだと思い出して、明信があまり取り戻したくない記憶を蘇らせ始める。

「院で共同研究が一つ終わって、打ち上げがあったんだ。みんな浮かれてて、僕もなんかいつもより飲んじゃって」

「……ふうん」

酔うほど、どころか滅多に酒も飲まないのに本当に最初から醜態を見せてしまったのだと、恥ずかしくなって明信は顔を伏せた。

「僕、そんなに酔ってた?」

「ん? うーん。うー、まあな」

それを気にして訪ねて来たのか、言いにくそうに龍が口をもたつかせる。

「なんか言ってた?」

「うーん。言ってたっつうか」

言葉を濁して、言おうかどうしようか迷って龍は煙草を弄《もてあそ》んだ。そして長い間を置いてから、膝の上に観念したような溜息を落とす。

「雨がちょっと、降ってただろ。だから最初は気がつかなかったんだけどな」

冷たい冬を呼ぶ雨の感触が、すっと明信の頬に戻った。

「泣いてたぞ、おまえ」

言われれば確かに一昨日の晩は雨が降っていた。ならこの熱はその雨のせいでもあるのかと首を傾げかけて、思いもかけないことを言われたのだと気づく。

「……なんで?」

泣くような心当たりがないので俄《にわか》には信じられず、目を瞠《みは》って明信は尋ねた。けれど考えてみれば昼間も、訳もわからずボロボロと泣いた。しかしあれは熱のせいで涙腺がどうにかしてしまったのだ。

「自分はうちの子じゃねえとかなんとか言ってさ」

「ええっ⁉」

躊躇《ためら》いながらも龍が教えた言葉に驚いて、明信は声を上げた。

「僕がそんなこと？　な、なんで？　僕うちの子だよ⁉」

「いやそんなこと俺だって知ってる。おまえが生まれたときのことも覚えてるしな。大変だったんだ、急に母ちゃん産気づいて病院に行く暇もねえで藪先生のとこであっと言う間に生まれちまって。藪に取り上げられるなんて気の毒だってみんな……いやそんなこたどうでもいいんだけどよ」

身を乗り出した明信に、慌てて龍が右手を振る。

「よ……良くない……僕藪先生に取り上げられたの？」

「あ……う……悪ぃ、口滑らしちまったな。みんなで口裏合わせて黙ってたのによ」

言いにくいことを迷いながら話しているせいで余計なことを言ってしまったと、龍は大きな手で自分の口を塞《ふさ》いだ。

「母さん、志麻姉と大河兄までは実家に帰ったけど、僕から下はみんな川向こうの産院で産んだって言ってたのに……」

「おまえが思ったより早かったから下はこの辺で産むことにしたんだろ」

「……僕だけ、藪先生なんだ」

　思ったよりそのことがショックで、つまらない子供じみた疎外感を味わっている自分に驚く。

覚えてもいないことだし、無事産まれたようなのだからどうでもいいことなのに。

「藪がガキなんか取り上げるの十年ぶりだってそんとき言っててよ、町中半狂乱だったぜ。三人ぐらい、方々から産婆さん引っ張って来たけど間に合わなくてな。騒ぎが大きかった割りには、おまえはポロッと産まれて来たなあ。でも藪が取り上げたっつったらおまえがショックだろうっつって、産院で産んだことにしたんだろ」

と、いうくらい藪は藪医者なのかというとそれほどの藪でもないのだが、何しろ医者というにはあまりに縁起の悪い名前だ。

「丈や真弓が産まれたときと同じで、名前はその場で志麻がしたためたぞ」

　わざわざそんなことを言い添えた龍に、くすりと明信は笑った。

「……なんかよ、おまえ」

　やっと微《かす》かに笑ったその顔を眺めて、小さく息を、龍が落とす。

　当てのないことを言いかけてやめたというように、そのまま龍は口を閉じた。手の中の煙草をつい銜えかけて、また紙の中にもどす。

「まあ……もう俺の顔も見たくねえっつうんならあれだけど、しんどくなったら寄れや。な」

布団の上で呆然と言葉を聞いている明信の頭をまたくしゃくしゃにして、じゃあ、と龍は腰を上げた。

「龍ちゃん……？」

残された言葉の意味が酷く気になって顔を上げた明信に龍は足を止めたが、襖が開いて会話を遮る。

「桃缶開けて来たよ明ちゃん。ごちそうさま、龍兄」

小さな盆の上に硝子の器によそった桃を載せて、真弓が龍に頭を下げた。

「貰いもんだって」

「秀が龍兄の分もお茶入れてるから、下に寄ってってよ」

明信の枕元に桃を置いて笑うと、真弓が龍の背中を両手で押す。

「いや、気ぃ遣うな。ちょっと寄っただけだから」

「なんでー、久しぶりじゃんかーうち来んの」

「……そうだな、父ちゃんと母ちゃんに挨拶《あいさつ》してくか」

揉み合いながら二人は、二階の和室から廊下に出た。

「気安く触るなや、人のもんに」

廊下には勇太が、少しの間も信用ならないというように、壁に寄りかかって龍を睨んでいる。

「そこまで嫉妬《しっと》深くなるこたねえだろ、おまえも。もっと広い心で接してねえと……」

「おまえはあかん、危険人物や。……なあ？」

片眉を上げて勇太は、ちらと、部屋の中の明信を見て笑った。

言い合いをしながら三人が階段を降りて行く音を、桃と置き去りにされながら明信が見送る。

「き、危険って……どういう意味なのかな」

もういない勇太にぽつりと呟きながら、明信は味のしない桃を口に運んだ。


三丁目の人々が、「帯刀《おびなた》さんちの信号」と呼んでいる信号がある。商店街の突き当たりのT字路の、もう随分古くなって町に馴染《なじ》んだ信号だ。

この信号はその名のとおり、志麻《しま》と大河《たいが》が区に怒鳴り込んでつけさせた信号だった。真新しいその信号ができあがった時のちょっとした恥ずかしさを、明信《あきのぶ》は覚えている。元々見通しが悪かったのだが車どおりが少なく、信号がなかった。それをある日小学校に上がったばかりの真弓《まゆみ》が飛び出して、急ブレーキをかけた車に驚いて転んだのだ。真弓は膝《ひざ》を擦りむいて、相手が慌てて真弓を家まで送って来てからが大騒ぎだった。前々からあそこは危ないと思っていたかわいい弟が死んだらどう責任を取るつもりだと、恐ろしい見幕で長女と長男は役所に半日居座ったのだ。

何しろお役所仕事と言うぐらいだから時間はかかったが、ほとんど信号のない商店街の中にその信号は忽然《こつぜん》と立った。

「随分古くなったな……この信号も」

錆《さび》が入っている信号を、夕暮れの頼りない光の中に明信は見上げた。ついた信号は歩行者用信号で、しかもあまり使われている様子はない。

とにかく真弓に関しては、志麻も大河も少し冷静を欠くところがあった。その割りに真弓がそれほどわがままに育たなくて、明信は密《ひそ》かにほっとしている。手がかかったともかからなかったとも言える丈《じょう》には志麻と大河も体当たりで見ていてはらはらしたこともあったが、言ってわかるような丈ではないのでその教育は実ったとも言えるのかもしれない。お約束どおり多少ぐれたが、丈は根っから真っすぐだ。しかしぐれていた時の丈に物言うにはいちいち拳《こぶし》で勝たなければならなかったので、志麻も大河も大変そうではあった。いや、大変だったのは大河だけか。志麻は人を倒すときはいつでも楽しそうだった。

「……そういえばこないだ、大河兄まゆたんのこと初めて叩《たた》いたって言ってたっけ」

そんな二人も、真弓にだけは何があってもずっと手を上げなかったのだが。

二日だけ、岸和田《きしわだ》に帰ってしまった恋人の勇太《ゆうた》を追いかけて、真弓が家出紛《まが》いのことをしたことがあった。どうして行かせたのかと明信は丈と二人で大河を責めたが、大河は辛《つら》そうに右手を何度も握って何も言わなかった。初めて真弓を強く叩いてしまったと、後から聞いた。

その話を聞いた時に明信は少なからず何か疎外感のようなものを、覚えてしまった。自分だけ藪《やぶ》医院で産まれたと聞いたときのような、幼稚な、誰のせいでもない疎外感だ。

「僕は叩かれたこと、一度もない」

ぽつりと呟《つぶや》いて、少し寂しくなる。

「叩かれるようなことをしないからね」

自分で訳を声にして、さらに少しばかり空しくなった。

この間の喧嘩《けんか》のときは随分と大河も高ぶって冷静ではなく、怒鳴り合いの中で何度か叩かれるかと思った。けれど一度も、大河は手を上げなかった。叩こうとする気配も、見せなかった。叩かれたら叩かれたで随分と理不尽だと思っただろうが、絶対に自分には手を上げないと決めている兄を改めて知った気がした。

「うちの子じゃない……か」

酔って随分とおかしなことを口走ったものだと、笑おうとして溜息《ためいき》に変わる。

そんなことを思い込んでもいい材料は本当はいくらでもある。一人だけ暴力が嫌いだし、一人だけ常識がある。

そして一人だけ、弱い。

けれどうちの子じゃないなどとそんなことは、子供のころから一度も考えたことはなかった。顔は祖母の写真と似ているし、爪《つめ》の形が姉とそっくり同じだ。橋の下に自分を置いた架空の母親を妄想するような子供らしさも、つまりは持ち合わせていなかった。

「つまんない子供だったな、僕は」

何処《どこ》にでも走って行ってしまう丈を追いかけるのが、唯一の冒険だった。家を恐怖政治で支配していた姉にも、実は明信はあまり怒られたことがない。

——いいのか、おまえそれで。

一度そんな言葉と一緒に、頭をくしゃくしゃにされたことはあったけれど。あの言葉は時々耳に返って、丈の巻き添えで叱《しか》られたりしたことよりも明信を気鬱《きうつ》にさせた。

いいのかと言われても、生まれたときから明らかに自分だけが兄弟と違った。はっきり言ってしまえば、劣っていた。力でか、気力か。暴力は嫌いだったというよりは不得手《ふえて》で、だから時折弱いものを見つけるガキ大将の標的になりそうになったが、いつでも姉兄弟が飛んで来て助けてくれた。やがて誰も明信に手を出そうとしなくなったが、それはもちろん明信の力によるものではない。

「藪先生が取り上げたから、僕だけ軟弱なのかな」

ぼんやりと歩いていたら、立ちぐされの藪医院の看板が見えて、二十三年目に知った事実がまた胸に返る。

「なんて恩知らずなことを……自分の軟弱を先生のせいにするなんて。麻疹《はしか》のときもおたふくのときも、先生が一生懸命治してくれたのに」

乱暴な医者だが両親のいない家を気にかけてくれた藪に感謝を忘れていない明信は、自己嫌悪に陥って座り込んだ。

「なんでこんなこと考えてんだろ、いまさら」

強くなれない自分などとそんなものには、人生のかなり早い段階で見切りをつけていたはずだ。自分には自分にできることしかできないのだと、そう思って兄や弟を羨《うらや》むのは十を待たずにやめてしまった。

そうして、こういうものが自分と、多分人より早く明信は己を割りと客観的に見定めた。多くを求めず不満を持たずに、そんな自分とうまくやってきたつもりだったのに。

――しんどくなったら、寄れや。な？

いつから、しんどくなったのだろう。何がどんな風にと、考えてもよくはわからない。

「……あの時大河兄に叩いて欲しかったのかな。そんなことされたくないな。訳わかんなくなってきた」

けれどあの辺りから自分がおかしいことには間違いがない。

「何座り込んでんだ往来で、轢《ひ》くぞオラ」

高いところから声を投げられて、明信は自分が道の真ん中にしゃがんで軽トラの行く手を阻んでいることに気がついた。真後ろで軽いエンジン音が唸《うな》っている。

「ごめんなさい……っ、あ、龍《りゅう》ちゃん」

噂《うわさ》をすればなんとやらという言葉どおり、花屋のかわいらしいロゴが入ったトラックの運転席にいるのは龍だ。

「あ、龍ちゃんじゃねえよ。なんだそんなとこに座り込んで……危ねえだろ」

言いながら龍の目が、藪医院の看板を見上げる。

「まさか気にしてんのか、藪医者に取り上げられたこと」

「まさかっ、そんなんじゃないよ。ちょっと疲れて」

ばらした手前責任を感じて龍が顔を顰《しか》めるのに、慌てて明信は両手を振った。

「……乗れよ、そっち」

手を伸ばして龍が、銜《くわ》え煙草《たばこ》のまま助手席のドアを開ける。

「だけど、仕事中なんじゃないの?」

「配達帰りだ、ちっと寄ってけや。弁当もなんか選び切れなくて余分に買っちまったし」

どうしようかと躊躇《ためら》いながら、明信は助手席のドアを摑《つか》んだ。

——しんどくなったら……。

自分が今龍に会いたかったかどうかはわからないけれど、声にした通り疲れているのは確かだ。

「ちょっと……寄らせて貰《もら》ってもいい？」

「寄れって言ったのはこっちだろ」

いつもより少しぶっきらぼうに聞こえる声で、龍が答える。

軽い唸りを上げてトラックが走りだすのに、物珍しく明信は外を眺めた。帯刀家には車がなく、車窓からこの町を眺めたことなどもしかしたら一度もないのかもしれない。

「なんだか……違う町みたいだ」

「そうか？」

「目線が違うとこんなに違うんだね、景色って」

「ああ……そういうもんかもな。ガキのころとも全然違うし」

車に乗り慣れているのですぐには明信のいうことがピンと来ず、なるほどと頷《うなず》いて龍は煙草を噛《か》んだ。

「そういえば子供のころに想像した。大人になったとき町がどんな風に見えるのかなって」

「へえ……そんなこと考えてみもしなかったな。俺は」

「町が大きくなるような気がしたんだけど、逆だった」

町全体が大きく見えるように想像した自分を思い出して、明信は笑った。

「おもしろいこと考えるな、おまえは」

「……僕は想像するばっかりだったから」

いつの間にか普通に龍と話せていることに気づいて、また今度と言われた話はもう聞かなくてもいいような気持ちにもなる。思い出すと酷《ひど》く気にはなったけれど。

「川の向こうとかも、絶対近づいちゃ行けないって言われてたから。いつも想像してた」

本をよく読むようになったのも、決められた枠の外に出ない自分を知ったころだったと明信は思い出した。

「丈が容易《たやす》く橋を駆けてった時は驚いたなあ……」

随分と広く向こう岸と町を隔てているように見えた川は、自転車で渡れば今は一瞬だ。

「うちの屋根にも、この間初めて上がったんだよ」

「なんだよガキみてえな顔して」

すごい出来事を報告するように振り返った明信に、龍が笑う。

「……元気そうじゃねえか。熱は下がったのか?」

「うん、すっかり。ちょっと体力が落ちちゃったけど、それも回復して来た」

熱のことを言われると否応《いやおう》無くその前の晩のことを考えてしまって、明信は口を噤《つぐ》んだ。

そのまま無言でいても、すぐにトラックは花屋の前についた。店先では勇太が、墓参り用の束を作っている。

「遅いで、サボるなや……ああ、なんや明信も一緒やったんか」

文句を忘れずに顔を上げながら、明信に気づいて勇太は少しだけ戸惑うような顔をした。

「幼なじみや言うのはわかっとるけど、最近縁遠くなっとったんちゃうの」

ほんの一週間のうちに二回も明信がここに寄る不自然さを、惑い顔の訳なのか勇太がさりげなく口にする。

「そこで偶然轢きそうになったんだ。おら、弁当。鳥ナスとカツ丼と親子丼、どれがいい」

「なんで三つも買って来るん」

「余ったらどうせ朝食うし。迷ったんだよ、とっとと選べ」

「したら親子丼。明信、一個食ってってたれや。年寄りが二食続けて肉食ったら体に悪いわ」

「なんだっててめえはそう一言も二言も余計なんだよ。んじゃ俺ら上で食うから、店頼むわ」

「頼まれっ放しで割り合わへん、この薄給」

自分の弁当を取ってついでに毒を吐いた勇太の尻《しり》を、階段に向かいながら龍が蹴《け》った。

「お邪魔します。……余っ程気が合うんだね、勇太くんと」

レジ台に弁当をおいて食べ始めた勇太を横目で見ながら、小声で明信が龍に笑う。

「気持ち悪ぃこと言うなよ」

「絶対、勇太くんも同じ言葉返すよ」

随分長い付き合いのように見えた二人にくすくすと笑い続けて、明信も龍の後をついて階段を上がった。

この間来たばかりの殺風景な二階の部屋に、促されて明信は足を踏み入れた。下が花屋なことを除けば普通の家屋となんら変わりはないが、人一人生活しているにしては随分と物がない。

「適当に座れ」

茶を入れてくれようと言うのか、簡単なものしかない台所で龍が湯を沸かし始めた。他にガス台を使うこともないのだろう。女手がない割りには清潔だ。

あまりにガランとしていて逆に座るところが見つけにくく、小さな飯台に肘《ひじ》で縋《すが》るようにして明信は腰を下ろした。

「どっちがいい？　メシ」

「僕はどっちでも……」

「好きな方取れよ」

選択を明信に委ねて、龍はガス台の方に向いてしまう。

実はこれが、明信のもっとも不得意とすることだった。最後に残ったものを取る癖がついていて、自分から選ぶということをほとんどしたことがない。幼いころからの習慣は何処ででも顔を出して、学校でもこういう状況になると明信はただ黙って何かが残るのを待った。

そんな風に考えながら、大抵のことがどうでもいいのだと気づく。今も、どうしてもどちらかを食べたいという強い気持ちはない。

「たかが鳥ナスとカツ丼でこんなに空しくなれるなんて……とことんマイナス思考に陥ってるんだな、僕は」

「何迷ってんだ。鶏と豚どっちが好きなんだよ」

さっさと茶の支度をした龍が、乱暴にそれを飯台に置いた。

「龍ちゃんは？」

「俺は牛が好きだ」

「……じゃあなんでこういう選択なの」

「おまえな、町角の弁当屋を舐《な》めるなよ。豚か鶏か魚だ」

「じゃあ魚にすれば良かったのに……お肉ばっかり食べてるの？　普段」

「あんまり野菜は食わねえな。魚も」

考え込みもせず答えた龍に溜息をついて、野菜の少ないカツ丼を明信が取る。

「食え」

「いただきます」

急《せ》かされて明信は、まだ熱い茶を待たせて貰えず箸《はし》を割った。

「これ、商店街の角のお弁当屋さんのだね。子供のころにあったらいっぱい食べただろうなあ」

容器にかかった紙を外しながら、その弁当屋を見るにつけ思っていたことが口をつく。

両親が亡くなった当時は近くにコンビニもなく弁当屋もまだ走りで、買って食べるという発想がなかったが、こういうものがあるとなると食生活の転落は早かっただろうと怖くなる。

「龍ちゃん……駄目だよ少しは自分で料理しないと。栄養偏るよ」

そしてどうやらほとんどここの弁当で夕飯を済ませている龍を台所のゴミ袋に知って、つい明信は小言を言ってしまった。

「だから偏らねえように色々迷って買ってんだよ。もう七、八年ここの弁当食ってるぞ、俺。お袋みてえなもんだな」

「……こないだまゆたんの同級生が作ってるの見たよ、僕」

末弟の同級生だと思っただけで途端に怪しく思えるのは何故だろうと首を傾《かし》げながら口に入れると、弁当はそこそこ普通の味だ。

「そんなこと言ったってよ」

「お嫁さん、貰わないの？　龍ちゃん」

全く女っけの感じられない部屋をちらと見て、遠慮がちに明信が尋ねる。母親はどうしたのかとは、聞かずに。

この家の主も明信が子供のころ病で亡くなったが、母親と龍の姉がここに住んでいた。長女は随分早くに嫁に行ったが、母親が長女の家を頼ったのは嫁いでしばらくしてからのことだ。龍だけが、この家に残って一度は母親が閉めた花屋を開いた。理由は色々、明信も聞いている。様々尾鰭《おひれ》がついているが、どれも決していい話ではない。

「すごくモテるって、まゆたんが言ってたよ」

「そこの女子高のメスガキにだろ。育つの待ってたら十年もかかっちまう」

右手で箸を使って左手で茶を注ぎ足しながら、せっかちに龍は食事を進める。

「そんなに急いで食べたら体に悪いよ……」

「ったく、女みてーなことばっか言うな。おまえは」

「……酷い」

家の中にいるときの、主に丈と向かい合うときの習慣で小言を重ねてしまったのを咎《とが》められて、あまりにストレートな言葉に明信は動きを止めた。

「どうせ僕は女々しいよ」

「いじけるなっつの」

「なんかこの台詞《せりふ》こないだ大河兄にも言った気がする……」

自分でも呆《あき》れるいじけた台詞を最近口にしたばかりだと気づいて、喧嘩の時のことを明信が思い出す。

「基本的に女々しいんだね、僕は」

常日頃そういう気持ちがあるから口をつくのだと、情けなさに溜息も出ず明信は苦笑した。けれど無理に変えた笑いはすぐに乾いて、気持ちが平気で表に出ようとする。

「いじけるなって。わーるかったよ、女みてーとか言って。志麻がいたらぶっ飛ばされたうえに踏みつけられるとこだ。……そんでその大河とは、すっかり仲直りしたのか」

「……うん、おかげさまで」

確認のように言った龍に、ハッとして明信は顔を上げた。

「なんにもしてねえだろ」

「でも龍ちゃんも気にしてくれたって、大河兄が言ってた。温泉行ったときバースも、預かって貰ったし。ありがとう」

言いながら勇太に頼んだだけできちんと礼を言っていないと気づいて、慌てて頭を下げる。

「いいよそんなんは、ポチも喜んでたし。ただ……」

もう粗方弁当を食い尽くしながら、龍はふっと、不安げに明信を見た。

何か言いたげな唇は、待っていても言葉を継がない。

「……何？」

鋭角な印象の唇を見上げて、明信は聞いた。少年のころは口の端が、変に力強く上がっていた。それは露骨に人を怖がらせたけれど、何か違う怖さが、今は結ばれた唇に見える気がする。

「いや、本当にもう、全部済んだのか？」

問いを躊躇って、龍は言った。

「それにしちゃなんか、おかしなこと言いやがるし」

言葉を濁して、箸を置く。

「自分で勝手に片付けちまうとこあるだろ、おまえ」

溜息交じりに咎めて、龍は子供に触れるように明信の頭に触れた。

——一人で、泣いてないか。明。

その手がスイッチになったように、いつ聞いたのかわからない龍の声が明信の耳に返る。言葉と一緒に熱い吐息をかけられた錯覚に陥って、咄嗟《とっさ》に、明信は龍の胸を押して彼を突き飛ばしてしまった。

そうしてしまってから何をしたのかと、後ろの畳に手をついている龍を見て明信は青ざめた。

「ご……ごめんっ龍ちゃん……！　僕……最近変な白昼夢見るんだ。それで……っ」

今どんなことを一瞬に映像として思い浮かべたかはとても言えず、呆れられるだろうと思いながらも支離滅裂な言い訳をするしかない。

「……本当にごめん！」

あの晩自分が絶対に何かをしでかしてしまったことは間違いがないにしても、やはりそんなことはあり得ないと何処かで強く思い込んでいる明信は、見舞いの折り龍が開口一番謝ったことも忘れて頭を下げた。

弾かれた胸を摩《さす》って、思案するように龍が黙り込む。

明信には辛い沈黙が、天井の低い部屋を流れた。

「変な夢って、俺が出て来るのか」

セブンスターを手に取って、ガサガサと龍が中からよれた煙草を取り出す。

見透かされているような気がして、耳まで赤くなって明信はそれでも頷いた。

溜息とともに龍が、長く煙を吐き出す。

「……それ夢じゃねえな、明」

言いたくなさそうに顔を顰めながら、それでも龍は責任と思ってか口を開いた。

すぐには意味がわからず、首を傾げて明信がちらと龍を見る。

「……その、済まん。本当に」

この間も聞いた歯切れの悪い切り出しは本当に龍らしくなく、明信は予感を越える嫌な予兆に後ずさった。

「おまえ、泣いてたっつったろ。そんでその、酒飲まして。泣きやまねえからよ」

ばつ悪げに龍が、煙草を持った手で頭を掻《か》く。

「つい」

その一言で全《すべ》てを理解するには、明信はあまりに晩生《おくて》過ぎた。

「な……何それ」

いや、帯刀家切っての清純派といえどもう大学も卒業した身で、もちろん何も察せられない訳ではない。

「ついって何？　龍ちゃん。そんなの……」

それでも信じたくないのが一成人男子の心情というものであった。

「やっちまったんだな。つまり」

だが成人式もかなり遠い花屋は、そんな清純派の心の内も気遣わず、自棄《やけ》のように言い放つ。

呆然《ぼうぜん》と、明信はもう疑いようのない言葉を耳に籠《こ》もらせて龍を見つめた。

「ぼ……僕……女の子ともまともにそんなこと……」

「そんな感じだったたな、確かに。だけど酒で記憶飛ばすなんてよ……いや、それも俺が悪かった。本当に悪かった」

「そんなの酷いよ！」

もう何が酷いのかも訳がわからず、涙ぐんで明信が龍の肩に詰め寄る。

「だから本当に、悪かったって！　でもおまえ別に嫌がってなかったし……」

「なんにも覚えてないっ、僕!!」

「そ、そうだよな……いやマジで悪ぃ。おまえにとっちゃ大事だよな」

「龍ちゃんは小事なの!?　僕だよ？　おっ、男なんだよ!?」

「いや、俺も男に……しかも幼なじみに手え出しちまうなんて参ったけど。元々ちょっと、だらしねえとこあっからよ。でも最近はこんな真似したことなかったんだけどな……」

間違った日本語で尋ねた明信に言い訳らしい言い訳も見つからず、龍は若気の至りの悪さを仕方なく告白した。

「悪い犬に噛まれたと思って勘弁してくれ」

幼なじみは己を悪い犬だと思えと言って、食ってしまったものは返しようがないと居直る。

「夢じゃないの？　本当に全部、現実なの!?」

「……どんな夢だ」

眉《まゆ》を寄せて龍は、さすがにそれは確認せねばなるまいと明信に聞いた。

普通の話し声なら下にいる勇太にまでは聞こえないことはわかっていたが自分に聞こえるように言うのも耐え難く、明信が消え入りそうな声で龍に耳打ちする。

「ちゃんと覚えてんじゃねえか」

あっさりと龍は、戦慄《おのの》いている明信の言葉を肯定した。

畳に両手をついて、己の中を走る衝撃を何からどう処理したらいいのかわからずに明信が震える。

「志麻がいたら瞬殺だろうな、俺」

もっとも憂えるのはそこなのか、短くなった煙草を噛んで龍は首を振った。

「……僕きっと、もう一生女の子と付き合えない……こんな……」

「そんな大袈裟《おおげさ》なこと言うなよ」

狼狽《ろうばい》して龍が、すっかりダメージを受けている明信の肩を抱く。

「最初は男に教えて貰うっていう民族もいるんだぞ。こないだテレビで……」

「僕は日本人だよ！」

どうしようもない慰めを言う龍に腹が立って声を荒らげると、つられて感情が高ぶり明信は涙ぐんでしまった。

その涙を見てますます困り果てながら、龍が明信の頬《ほお》に手を伸ばして涙を拭《ぬぐ》う。

「泣くなよ……明。悪かったって」

自然な流れのように、そういう行為に慣れてしまっているのだろう腕が明信を抱いた。

何処にもぎこちなさがなくて抗《あらが》うタイミングも訪れず、そのまま明信も龍の胸に納まってしまう。

明らかにただ成り行きで龍は、髪を撫《な》でた手で明信の眼鏡を取り瞼《まぶた》を唇で拭った。

抱き抱えられ慰めのように唇に唇で触れられた瞬間、何をしているのかに気づいて明信が龍を突き飛ばす。

「また……っ!」

「すまん、つい。こう、悪い癖みたいなもんで」

口を手の甲で覆って責めた明信に、両手を挙げて龍は目を見開いた。

「もっ、もしかして志麻姉のことが好きだったとか!? そんで僕のこと代わりにしたとか!?」

咄嗟に思いついた理由を、恥ずかしさと困惑に黙っていられず明信が口にする。

「じょ、冗談じゃねえぞおい!」

終始躊躇い気味だった龍は、その言葉に初めて逆上して声を荒らげた。

「言っとくけどな! 俺は志麻に惚《ほ》れるほど度量の広い男じゃねえしっ、おまえは兄弟ん中で

一番志麻に似てねえぞ!? 外見も中身も!」

男の名誉なのかはたまた不名誉なのか、むきになって龍が否定する。

生来の理性のせいか言われてしまえばどちらも容易に納得のいく答えで、明信は気勢を下げて長く息をついた。

「……そうなんだよね。僕が一番似てないんだ、志麻姉にも。誰にも」

こんな人生の一大事だというのに高ぶることは長くは続かず、ただただすっかり気落ちして飯台に縋る。

「なんで僕だけ似てないのかなとは、時々思うけど。こういうの、鬼っ子って言うんだよね」

だがその酷い気落ちのせいで普段なら流せることまで心に引っかかって、今言っても詮無《せんな》いことが口をついた。

目の前の気持ちの下がって行く様子が目に余ったのか、心底反省したように龍が膝を正す。

「本当に……悪かったよ明。なんにも知らねえおまえにあんな真似して」

思えば生まれたころから知っているというのになんということをしてしまったのかと、龍の中でも段々と罪の意識は大きくなって、潔く頭を下げた。

が、もちろん貞操は返らない。

「ううん、僕の方こそ……全部龍ちゃんのせいにしてごめん。ちょっとショックが大きくて。もういい大人なのに、こんな言い草ないよね」

多少冷静になると明信は明信で、一方的に責めたことが済まなくなった。

「でもなんで、こんなことしちゃったんだろ」

それでもしでかしたことへの衝撃は止まず、どうやら合意だったようだが何故そこに至ったのかと、継《つ》ぎ接《は》ぎの記憶が憎くもなる。

「それは、さっきと同じだ」

二本目の煙草を所在ない風情で抜いて、龍はあまり説明したくなさそうにライターを鳴らした。

「おまえが泣いてたから、つい」

「……なるほど、本当につい、なんだね……」

ようやく龍の言う「つい」が理解できて、やり切れなく明信が頭を抱える。

「誰にでもこんな真似する訳でもねえんだぞ、最近は」

いかにもついうっかりなのかと言いたげな明信の口調に、なけなしの言葉を龍は添えた。

「最近は」

力無くその台詞を、明信が反復する。

「だけどやっちまったもんはもうどうしようもねえから……忘れろ。な」

早々に慰めの言葉も尽きて龍は、他に方法はないと幼なじみに提案した。

「……もちろん忘れるよ。龍ちゃんも忘れて」

明信もそれに異存があるはずもなく、弱々しく懇願する。

「ああ」

随分なスピードで煙草を短くしながら龍は、明信にわかるように頷いた。

「そうだ。女、作れよ明。そんで俺に紹介しろ」

「絶対やだよ」

いきなり何を言い出すのかと、展開の早さに明信が目を丸くする。

「違うって、おまえの女に手え出したりしねえよ。女と一生付き合えねえとか言われたら、責任感じるだろ。なんなら俺が誰か……」

「いい。とてもじゃないけど、すぐにそんな心境になれない」

早急な状況の修復を図ろうとする龍の速度にはついて行けず、丁重に断って明信は手を振った。

「気にしないでよ龍ちゃん。僕元々、本当にこういうことから縁遠いから」

「……だから余計に責任感じるんだろうが」

念を押す言葉に止めを刺されて、龍の声にも陰りが差す。

「俺もどうかしてたんだ、あの晩は」

下りて来た長い前髪を上げて、龍は長く大きな息をついた。手元の煙草は、もう消えかけている。

「おまえが、やけに頼りなく見えてな」

それでつい、とは今度は続かず、龍は手慰みになっていた煙草を消した。

「なんて、言ってた？　僕、他に」

うちの子じゃないなどと言っただけで相当な管《くだ》だと思いながら、苦笑して明信が問う。

「色々だ」

はっきりと言葉にすることを、龍は避けた。

どんなことを言ったのかはけれど想像がついて、明信が飯台に頬杖《ほおづえ》をつく。

「もとの自分にもどっちゃったのかな……いつの間にか」

独り言のように、頬杖のままぽつりと明信は呟いた。

問うように龍に見られて、くすりと、口元で笑う。

「僕の中にね、変な子がいるんだ。なんかいつも、不満で」

初めてそれを口に出すのが龍の前だということには、不思議と、いまさら疑問はなかった。

「ちょっと、いやな子なんだ」

それでも、ずっとしまって置こうと思った言葉は情けなく掠《かす》れる。

隠しておこうと随分と昔に決めたのに、声にするとそのいじけた子供はすぐに明信に顔を見せた。

「僕だけおみそじゃない、兄弟で」

「賢いじゃねえかよ」

「そんなこと、うちの論理には通用しないよ」

間髪入れずに言い返した龍が兄のようで、何度も聞いた大河の言葉を明信が耳に返す。

「それに勉強を沢山したのは……大河兄が」

最初からよく勉強ができたという訳ではなく、地道な努力だったことを明信は忘れていない。

「子供のころから、おまえは一番賢い、こいつは学士様になるって。すごくおっきい声で、何度も何度も」

くすりと笑って、そんな大河を思い出す。

一番という言葉を、大河はよく明信に向けた。おまえが一番賢い、おまえが一番真面目《まじめ》だ、優秀だと。他の兄弟の手前も考えず、子供のころは事あるごとに言われた。

今では大河がそうした意味が、ぼんやりと、辛く明信にもわかる気がする。

「大河兄……必死だった。留学の話の時も」

「兄貴からしたら、いつまでも弟は弟だ。そういうもんなんだ。ましてやおまえは大河にとっちゃ最初の弟なんだぞ」

何を明信が物思うのか悟ったとも言わず、大きな手で龍が明信の頭を摑んだ。

撫でるというよりは揺すられて、また、遠い昔の記憶が返る。

「僕」

雨の晩だったから幼なじみが泣いていたことに龍は途中で気がついたと言ったけれど、酔っていた自分が泣いてしまったのは彼に会ったせいかもしれないと、ふと明信は思った。

大きな手は、十の夏の終わりをここに呼ぶ。頼りない子供のままの、膝を抱えて泣いていた自分を。

「龍ちゃんに会うと……なんか」

言いかけて続きが自分でもわからず、言葉を放ったまま明信は口を閉じた。

笑って、小さな子供にするように龍が明信の肩を抱き寄せる。

「俺もおまえに会うと、なんかな」

同じ言葉を、冗談のように龍は返して寄越《よこ》した。

「見かけると時々、気になってた。一人で」

あまり言葉らしい言葉は交わさなかったけれど、花屋の店先で朝夕合わせた顔が、何処か物問いたげだったといまさら明信が気づく。

「泣いてんじゃねえかってな」

挨拶《あいさつ》と他愛のない世間話ぐらいしかしない、十三年だったけれど。

店ではいつも軽口ばかりの龍の声が、いつ聞いたものとも違う気がして、口元に明信は目を奪われた。

沈黙は重くならず、ただ目を合わせて長い時間が部屋を埋める。

「……食うぞ、そんな目で見られたら」

「え？　ええっ⁉」

不意に、言われて、明信は悲鳴を上げて後ずさった。

「冗談だ」

笑って、龍が窓を振り返る。

外はもう、すっかり暗い。

「……ああ、真弓の声だな。帰るか、おまえも」

弟の声が明信の耳に掠ったのは空耳ではなく、バイトの終わる勇太を真弓が迎えに来たようだった。

「まゆたん……あ、ああっ⁉」

そして初めて、何故自分がほとんど手ぶらで商店街を歩いていたのかを明信が思い出す。

「しょ……醤油《しょうゆ》‼」

もうすっかり夕飯の済んだだろう時間を壁に見上げて、明信は取り返しのつかない声を上げた。

「そりゃあ大事だ。夕飯なんだったんだ？」

「……お刺し身……」

「総スカンだな」

絶望する明信に肩を竦《すく》めて、店のロゴの入った上着を羽織りながら龍が立ち上がる。

「なけなしの言い訳くらいしてやるよ。ああ、ついでにうちの醤油持ってけ。なんかで貰ったやつがあっから」

ほら立てと、明信の肘を龍は引いた。

よろよろと立ち上がり、お勝手の敷居を跨《また》いで明信が醤油を受け取る。

「……もう、どうかしてるんだ僕。本当に」

「取り敢《あ》えず道は気をつけて歩けよ、マジで」

道の真ん中にしゃがんでいた明信を思い出して、龍はその頬を軽く叩いた。

「うん」

勢い、柱に寄りかかった明信の顔を龍が覗《のぞ》き込む格好になる。

手持ち無沙汰《ぶさた》の龍の指がそのまま髪に触れるのに、焦って明信はまた胸を押した。

「龍ちゃん……女の人帰すときいつもここでキスしたんでしょ」

その習慣を自分にも適用されては堪らないと、眉を寄せて明信が龍を睨《にら》む。

「……済まん、つい」

「僕は女々しいかもしれないけど、女の人と同じ扱いなんて酷いよ」

ぷい、と怒って明信は、自分から先に階段を降りた。

「別にそんなつもりじゃねえよ……」

後ろから龍が困ったように呟くが、言い訳もくれない。

「まあ、また来いや。気が向いたら」

階段を降り切る前に龍は、ついでのようにそんなことを言った。

「……うん」

つい、明信も小さく頷いてしまう。

「あああっ、明ちゃんお醤油は⁉」

振り返ろうかと思ったけれど店に降りた途端明信は真弓に見つかって、けたたましい声が夜の町に響いた。

「酷いよもうっ、真弓ソースで食べたんだよハマチ！　丈兄なんかマヨネーズかけてて、ちょー気持ち悪かったんだから‼」

「ごめん……ホントにごめん」

もっともな苦情を洪水のような勢いで言われて、心から済まなく思い明信は項垂《うなだ》れた。

「許せ真弓。俺がよ、つい引き留めちまって。醤油あるから持ってけっつって」

後ろから龍が、本当になけなしの言い訳で援護をくれる。

「なんや上で、二人で弁当食っとったんやないのか」

「何それっ、明ちゃんお醤油忘れてここでご飯食べちゃったの⁉」

ソース味のハマチの恨みは海よりも深いらしく、勇太の余計な一言にますます真弓が声を高くした。

「ごめん、つい。なんかうっかり」

「……なんか、変」

大人を見て育ったせいか妙に勘の鋭い末っ子は、龍と明信の間に漂う不審な匂いを素早く嗅《か》ぎつける。

「なんで龍兄のとこなの？　なんで？　なんでなんでなんでなんで!?　こないだもなんで明ちゃんのお見舞いに来たの？」

「ほうっとけや、ええやろ別に人のことは」

帰り支度をしながら勇太が、どういうつもりなのか真弓を宥《なだ》めてくれた。

しかし真弓はごまかされず、訳を聞くまではここをどかないという勢いで龍を睨んでいる。

「その、たまたま会って話し込んじゃったんだよ。すぐ帰るつもりだったのに」

「そうだ。最近沖縄《おきなわ》の海底遺跡にはまっててな。アトランティスなのかどうかそこんとこを語りあってたらこんな時間になっちまって」

そういえば明信の専攻はそういうものだったと思い出し、テレビで得た知識で龍は真弓を無理やり納得させようとした。

もちろんそんな言い訳は既に疑い始めている末弟には通じず、今にも嚙みつきそうな目で真弓は真っすぐ龍を見上げている。

あまり迫力があるとは言えない声で、それでも真弓は龍を呼んだ。

「龍兄」

「明ちゃんに悪さしたら俺、ただじゃおかないからね」

「おいおい、悪さってなんだよ……」

こんな白々しい台詞が言えるとは我ながら立派な大人になったものだと内心呆れながらも、全く訳がわからないという素振りですかさず龍が答える。

「明ちゃんは絶対っ、駄目だからね！　龍兄手が早そうだもんっ」

恋愛に関しては明信より余程目が利く弟は、キーッと声が聞こえそうな勢いで歯を剝《む》いた。

おまえらと一緒にするなよ、と平然と言えるほどは龍も人が悪くはなく、頬を掻いて明後日《あさって》の空を見る。

「もうそんなんでもええから、寄り道して帰ろ。な」

すっかり片付けを終えた勇太は、恋人の勢いには付き合わず肩を抱いた。

「だって……っ」

「そしたら俺ら公園にでも寄ってくから、明信は醬油持って帰れや。お疲れさん」

居座りたがる真弓の肩を無理やり押して、短い挨拶を残して勇太がさっさと歩き出す。

「……小型愛玩犬《あいがん》が吠《ほ》えてったなあ……うちのお兄ちゃんに触んないで、キャンキャンキャンキャンキャンッ」

まともに受けて立つ気になれるはずもなく、龍は小さくなる後ろ姿を見送って見たままの感想を述べた。

「龍ちゃんもそういう風に見えちゃうの？」

常日頃いけないいけないと思いながら角の煙草屋のヨークシャテリアに吠えられるとどうしても真弓を連想してしまう兄は、人もそうだと聞いてしてもしょうがない安堵《あんど》をする。

「……でけえ方の番犬はどうなんだろうな。時々土佐犬みてえな」

「バースのこと？」

「ばか、丈だよ」

ポケットに突っ込んであったセブンスターを出して、嚙みつかれた疲れを露《あらわ》に龍は銜《くわ》えた。

「ああ……家ではピレネー犬みたいなんだけどね。しかもものすごく大きくなってるのに自分で気づいてなくて、まだ子犬だと思い込んでるみたいな」

「そりゃあたちが悪ぃな」

明信の表現があまりに的確に丈を現していて、煙草を嚙みながら龍が笑う。

そして火をつけないまま龍は、ポンと、明信の頭に軽く手を置いた。

「弟たちに、よろしくな」

仲がいいことも、明信が兄弟を好きなのもよくわかっているとそんな風に、龍は笑う。

何処か後ろめたい言葉を吐いてしまった後味の悪さをその笑みに拭われて息をつくと、明信は「おやすみ」と言って花屋を後にした。

狭くはないはずの部屋を、多くはないはずの荷物とでかい図体ですっかり狭くしてピレネー犬のように横たわる丈《じょう》を、髪を拭いながら明信《あきのぶ》は見つめた。以前は三男の丈が一人部屋で明信は真弓《まゆみ》と同室だったが、勇太《ゆうた》が来てからは二階の左手の八畳を明信と丈が、右手の六畳を勇太と真弓が使っている。同じ学校に通うなら勇太と真弓は同室がいいだろうという長男の配慮は、結果的に仇《あだ》になったとも言える。

その六畳を元々、次男の明信ではなくその下の丈が一人で使っていたのは、こうして散らかし放題散らかすからだ。真弓と明信の二人部屋は、きれいで平和で和やかだった。

「こうやって片付けるのが良くないことは僕もわかってるんだ……だけど自分も住んでる部屋がこんなに散らかってるなんて……」

「え？　あ？　明ちゃんやんないでよ。絶対片付けるってば、やんないでって」

布団《ふとん》に寝転がってボクシング・マガジンを読みながら、丈が片手間に絶対にあてにしてはならない絶対を口にする。

しかし二人で一つの部屋を使うようになって一年ちょっとになるが結局丈が掃除らしい掃除をしたことはなく、明信は自分の陣地にこうして丈の物が侵略してくると小言を言いながらも仕方なく片付けた。散らかった部屋にはそう何日も耐えられない。

もっとも片付けるのはそう苦ではないのだが、こうして手を焼いてしまうことが丈にとっていいこととはとても思えないと、兄らしい反省をして明信は溜息をついた。

「……あれ？」

しかしふと横を見ると、大ざっぱな手つきでそれでも丈が自分の物を片付け始めている。片付けているというよりは避けて積んでいるという感じだが、いくら言っても今まで掃除機をかける以外しなかった丈の掃除に、明信は目を丸くして立ち尽くした。

「ど、どうしたの丈？　大丈夫？　もしかして熱？」

素直に言うことを聞かれるとそれはそれで衝撃で、眼鏡をかけ直して明信が尋ねる。

「違うよ、オレさ」

どちらかというと埃《ほこり》が立つだけだからやめて欲しいと言いたくなるような乱暴さで、丈は散らかった雑誌を重ねながら口を尖《とが》らせた。

「明ちゃんに甘え過ぎだよなーって、最近反省してる訳よ」

でかい図体で背を丸めて、丈はいきなりそんなことを言う。

「すごく唐突な反省だね……」

丈の面倒はそれこそ物心ついた時から見てきた明信だが、そのことに丈が気づいているとも兄は思わなかった。

「こないださ、ちょっとだけ明ちゃんもしかしたら本当に留学することになるかもしんないと思ってさ」

言いながら口はばったさがどうしようもないのか鼻の頭を掻いて、明信には暴れているようにしか見えない勢いで丈が物を押しやる。

「そしたらこの部屋とんでもねえことになるだろうな、とかさ」

「きっと秀《しゅう》さんが片付けてくれるよ」

「そうかもしんねえけどさ」

明信の茶々にまともに受け答えて、そういうことが言いたいのではないと髪を掻き毟《むし》って丈が首を振る。

「そういう甘え過ぎじゃなくてさ、オレ、本当に反省したんだよね」

そして長い息を吐いて、丈は観念したように肩を落とした。

「明ちゃん、ごめんな」

ふいと、振り返って明信より十センチも高いところから弟は、真っすぐな謝罪を投げてくる。すぐ下の弟は生来動きが乱暴で、何かの弾みに痛い目を見させられて謝られたことなど今までも何度もあった。多少乱暴でもそういう素直さがあるから丈を嫌う者は少なく、ましてや兄である明信にとっては乱暴なところさえただかわいらしく思えたところもあった。

だがこんな風に神妙に、手や足が当たった訳でもないのに謝られたことはない。

「……真顔で熱測んなよ！」

歩み寄って思わず額に手を当ててしまった明信に、すぐさま逆上して丈は声を荒らげた。

「もういいっ」

片付けたというより余計にぐちゃぐちゃになった部屋を放って、言い捨てて丈が布団に潜り込む。

「結局僕が片付けるんじゃない……」

一体なんの癇癪《かんしゃく》なのかと肩で息をつきながら、取り返しがつかなくなった部屋を明信は仕方なく丁寧に片付け始めた。

どうせ読まないのだろう古い雑誌も勝手に捨てると怒るので、埃を払いながら積み上げる。

「……明ちゃんなら、こういうさ」

背を向けて布団を被《かぶ》ったまま、眠ってはしまわずに丈は溜息のように口を開いた。

「なんていうの？　こう、もやもやっとしたもの、うまく言葉にするんだろうな」

何をもやもやしているのか確かに靄《もや》を纏《まと》ったようなはっきりしない声で、ぼんやりと丈が呟く。

どんなもやもやだか知らないが、丈が自分に謝る理由など想像もつかないと、明信は笑った。

「何言ってんの、丈。そんな訳ないだろ」

それに今だってもやもやしているのに丈は気づかないのだろうかと、その鈍感さが寧《むし》ろ愛しくも思えて声が丸くなる。

「え？　ウソ」

子供のころから彼のそのきょとんとしたなんの意も孕《はら》まない声には、随分救われたことを明信は思い出した。

悩んだり落ち込んだりしていると、そんなことから遠く感じられる丈の声が、気にするほどのことではないと言ってくれているように聞こえた。

「明ちゃんももやもやしたりすんの？」

「するよ」

簡単に騙《だま》されてしまう丈にたまに向けるごまかしのような嘘《うそ》をつく気になれず、簡潔に明信が頷く。

がばりと起き上がって、丈はほとんど身につかない沈黙とともに明信を見た。

「……ふうん」

振り返ると何か物憂げに丈がそんなことを言うのに、明信は吹き出すという失態をやらかしてしまう。

「なんで笑うんだよ！」

一人体育会系のせいか普段は兄にそれなりの敬意を払う丈が、歯を剝いて明信に詰め寄った。

「ごっ、ごめん！　今ね、まゆたんとそっくりで、言い方とか表情とか。まゆたんよく言うじゃない、ちょっと拗《す》ねたみたいな感じで、ふうんって。顔あんまり似てないのに、兄弟なんだなあって思ってついっ」

襖《ふすま》まで追い詰められて背を打ちながら笑いがやまず、悪いと思いつつも明信が涙を拭う。

「何言ってんだよ、他人事《ひとごと》みたいに」

早口に言い訳されて気勢が下がり、拗ねたままふいと丈は身を引いてしまった。

「ごめん、本当にごめん」

時々こうして不用意に丈を怒らせてしまうことには心底反省する他なく、明信が平謝りに謝る。

「いいよもう」

本格的に臍《へそ》を曲げたのか、丈はまた布団に潜ってしまった。そして起きたら全部忘れているのが丈の素晴らしい長所の一つなのだが、だからと言ってそのままにしていいものでもない。

「聞くよ、本当に。真面目に、なんか話でもあるなら」

何か言いかけているような、特に言葉を隠している訳でもないような丈に惑いつつも、根気よく明信は尋ねた。

「……オレさ」

長い沈黙を置いて、兄を見ないまま丈は口を開いた。

「明ちゃんはいつもなんでも理路整然としてて、もやもやしたりとか」

何処か心細げに、声の先が痩《や》せる。

「悩んだりとかさ……あんましねえと思ってた。留学のときだってさ、明ちゃんの中ではなんでもはっきりしてんだろって。頭いいし」

投げかけているようでいて頼りない独り言にも似た言葉は、段々と小さくなって途切れた。

「ごめん」

そして不意に、丈がもう一度謝る。

「なんで謝るの」

何も気にしていないと笑って、明信は問い返した。

漠然と、何を丈が済まなく思っているのかはわかった気がしたけれど、追わず笑いかける。

そんな風に丈が明信を信じていたのは、そういうものであろうと、明信が心がけていたからに他ならないのだ。

「なら僕も謝らなくちゃ。丈がもやもやするなんてすっごく驚いてるとこだから」

「あっ、ひでえ！」

真っすぐな丈が騙されて来たのは仕方のないことで、今もこうしてすぐに話を逸らされてしまう。

「オレ悩んだりするんだぜー、こう見えても。今だってさ」

「今だって、何？」

布団を剥《は》いで胡座《あぐら》をかいた丈に、首を傾げて明信は問いかけた。

「あ」

目が合って丈が、今激高する前に自分が何を考えていたのか全部飛んでいることに気づく。

「何悩んでたか忘れた」

頭を掻いて溜息とともに呟くと、「寝よ寝よ」と独りごちて丈は布団を被った。

くすりと明信は笑ったが、今までとは少し違う居心地の悪い静寂が二人の部屋を覆う。

早く眠りについてくれればいいのにと、明信は動かない丈の広い肩を見つめた。


あまり学生は入らない古い店構えの喫茶店を、物珍しく明信《あきのぶ》は見回した。

隣のテーブルでは大河《たいが》が、年配の男性と仕事のやり取りをしている。編集という仕事柄かいつもはもう少しラフだが、今日はスーツだ。そんな大事な日に忘れ物をしたのか夕方家に電話がかかって、たまたま家にいた明信が書類を届けに来た。少し待ってろと言われて隣でオレンジ・ジュースを飲んでいたがそれも底を上げ、帰った方が良かっただろうかと明信はジュースと一緒に読み終わってしまった本を閉じた。

あまり見ては悪いかと思いながらちらちらと横を見ると、兄は家にいるときよりも随分と大人に見える。外向きの大河には隙《すき》が見当たらない。

だが考えて見れば兄は、子供のころから少し遠い人だった。父親の役目も果たそうとして弟たちの学校の面談にも全《すべ》て大河が来たのだから、普通の兄とは存在が違って当たり前かもしれないが。

——手、握って。

だからあんなことを言ってしまったのだろうかと、熱に浮かされた自分の声を思い出して明信は急に酷《ひど》く恥ずかしくなった。

赤くなった耳を隠そうとして、頰杖《ほおづえ》をつく。

息をついて、けれどそれは寧《むし》ろ逆だと、明信は思った。父のように、兄という存在にしては何処《どこ》か明信には遠い大河には、あんなことをせがんだことは一度もない。

一人前の、しっかりした大人だと、いつでも思われていたかったのに。

「悪ぃ悪ぃ、届けさしちまって」

いつの間にか打ち合わせを終え早々にネクタイを緩めて、言葉とともに大河がぼんやりしている明信の前の席に移って来た。

「ううん、暇だったから。丁度」

真面目《まじめ》な院生ではあるのだがバイトだなんだと最近忙しい二人の弟に比べて、自分が一番暇だと明信は笑った。秀《しゅう》もいつも家にはいるが、締め切りに追われていることが多く外にはあまり出ない。

「ここ、すぐわかったか？」

「わかりやすかった。なんかあっちこっちで打ち合わせしてる人がいるね、そういう場所なんだ」

問いに答えながら明信は、少し自分が上がっていることに気づいて苦笑した。こんな風に兄と外で二人きりになるのは初めてだし、ただ他愛のない話を二人ですることもあまりないことだ。

「二人で夕飯でも食ってっか。焼き肉でも奢《おご》るぞ」

唐突に、時計を見て大河はそんな思いもかけないことを言った。

「……ど、どうして？」

惑って、すぐにはうんと言えず明信が問い返す。正直、二人きりで食事など間が持たないような気がして怖かった。

「まゆたんでも電話に出たら大騒ぎだよ。なんで？　どうして？　真弓《まゆみ》は？　って」

その間の持たなさのせいで、何かおかしなことを口走らないとも限らない。今の自分なら。

気がついた。

「……そんなことしたことある？」

末弟を袖《そで》にするようなことを言った兄が意外で、ふと、今まで気づかずにいたことに明信は気がついた。

「まゆたんと二人だけとか、丈《じょう》と二人だけとか。内緒でなんか食べたりとか」

「……真弓とはあるな。何度か。内緒なんてもんじゃねえけど、ちょっとなんか食ってくかぐらい。丈とは……あいつがジムに入るって決めたときに、焼き肉食いに行ったよ確か。そこまでの闘いが長かったからな、一応和解の焼き肉っつうことで」

「じゃあ僕とも和解の焼き肉なの？」

単純とも言える兄の思考の流れはおかしくて、思わず小さく笑ってしまう。

「寿司の方がいいか？」

「変な気遣わないでよ、もう喧嘩《けんか》なんかとっくに終わってるし」

まるで的外れな切り返しをする大河に、明信は笑いながら首を振った。そしてふっと、笑みが唇の端から逃げて行く。

「それにあれは、喧嘩じゃないよ。大河兄は、僕のために……」

「そうでもねえよ。それだけならおまえだって、あんなに泣いて怒ったりしねえだろ」

テーブルに落としかけた明信の呟《つぶや》きを遮《さえぎ》って、大河は胸の内側からいつものハイライトを出した。

「おまえらに不自由させたくねえっていうのは」

取り出した一本の尻《しり》を、軽くテーブルで打って指先が迷う。

「俺のためでも、あるし」

煙草《たばこ》を噛《か》みながら大河は、あのときは言わなかった言葉を落とした。

「世間体……つったら馬鹿みてえかもしんねえけど、やっぱ人に言われると安心すんだよ。ご両親いないのに立派になってってな」

火のついた煙草を持ったまま大河が、少しだけ所在なさげに頬杖をつく。

「我ながらつまんねえ、小せえ人間だと思うけどよ。……情けねえな」

「……何言ってんの、大河兄。そんな心配かけるのだって僕が……」

兄が兄自身をそんな言葉で語るのは堪らなくて、必死で、明信は口を開いた。けれどすぐに先が続かず、ふっと落ちそうになった気持ちが喧噪に巻き込まれて考えを見失う。

「僕が」

ぼんやりと、陰る気持ちに袖を引かれて、ただでさえはっきりしない視界が白んだ。

兄に、聞きたいことがあるような気がする。確かめたいことが、あるように思えた。でもそれは兄に聞いても仕方のないことなのかもしれない。知りたいと言っても、兄は知らないと答えるだろう。

それでも衝動で問いかけてしまいそうになった明信が口を開くのを咎《とが》めるように、大河の携帯電話が鳴った。

「……明信？」

打ち合わせのメッカだからなのかこの喫茶店ではあっちでもこっちでも仕事中という風情の男女が携帯を鳴らしモバイルを操作し、落ち着いて茶を飲みたいと訴える方が出て行かざるを得ない雰囲気だ。

「はい帯刀《おびなた》です」

待っていろというように掌《てのひら》を見せて大河は、横を向いて仕事の話を始めた。

やけにきびきびとしたそんな兄は、やはり明信には少し新鮮だ。家ではいつも割りと疲れて、居間に寝転んでいる姿を見ることが多い。そんな格好でも、いつでも頼もしい兄弟の支えだけれど。

「……悪ぃ、出張校正入っちまった。焼き肉はまた今度だな」

「いいよそんな……それより試合が終わったら丈でも連れてってあげてよ。まゆたんに内緒で抜け駆けなんて、後でばれたらやだもん僕」

伝票を持って立ち上がった大河に従って上着を羽織りながら、冗談めかして明信は笑った。

「みんなで行くか、そしたら。でも試合後の丈に肉食わせるような甲斐性《かいしょう》はねえぞ、俺。だいたい男六人で焼き肉なんてよ……」

一体どんなお会計になることやらと呟く大河に、明信も想像して首を振る。

「丈、ボクシングやってくれてて良かったのかもね。減量なかったら食費で破産だよ」

弟が格闘技をやっていて良かったなどと思ったことは終《つい》ぞなかったが、彼が本気になればどれだけ食べるのかを思いだして明信は、領収書を切って貰《もら》っている大河の横で空を見た。

「俺も学生の頃は食ったけどな。夜中によく台所で丈と遭遇して、二人で無言で冷蔵庫の中身食い尽くしたりしたっけ」

「それは気づいてた。あれ、言ってくれた方が有り難かったな。使おうと思ってたものがなかったりして困ったもん」

数年前の、自分が台所を預かっていたころのことを思い出して、いまさら言っても仕方のない文句を明信が口にする。

「はは、生のベーコンの固まりとか、丈と二人で食っちまったりしたな。悪かった」

こちらもいまさら言ってもしょうがない謝罪を口にして、二人はもう暗くなった往来に出た。

「んじゃ俺社に戻るから」

少しの、奇妙な躊躇《ためら》いを見せてから大河が、右手の方を指さす。

「電車賃あるか」

「定期あるから」

「気をつけて帰れよ、手間かけたな」

じゃあなと、軽く手を振って大河が歩きだす。

暮れた町の雑踏に急ぎ足で紛れて行く兄の背を、振りかけた手を翳《かざ》して明信は見送った。

何か、少しの距離がある。兄との間に。小さな遠慮のような、互いからの距離が。それは多分長いこと、ずっとそこにあったものだ。取り立てて騒ぐような種類のものではない。普通の、何処の家族の間にもあるような透き間で。

ただ弟たちと大河の間には、その透き間はないような気がする。

——いじけるなっつの。

軽口のような龍《りゅう》の声が、ふっと耳に返る。

「……ほんと、何いじけてんだろ。ずっと」

くすりと笑って明信は、冬の冷たい風に頬を触らせて勝手に落ちて行こうとする気持ちを、目を伏せて引き留めた。

「やだな、もうこういうの」

己を咎めようとぽつりと呟いた言葉が、けれど変に強く耳に残る。

歩きださなくてはと、明信は足元を見た。見慣れているはずのフレームの中の狭い視界が、今日は一際不自由に感じる。

「浅草《あさくさ》まで地下鉄で行って……歩こ」

真っすぐに家に帰りたくなくて、冷たい風に当たろうと明信は呟いた。目の前の階段を地下に降りて、乗り慣れた路線の電車に無意識に乗り込む。

暗い地下の壁だけを窓の外に映して、混み始めた地下鉄はすぐに浅草についた。竜頭町《りゅうず》はここから私鉄で三駅ほどあるけれど、歩けない距離ではない。

対岸の町を、ゆっくりと明信は歩いた。もう町は暗く、小さな古い商社ビルの集うこの通りは夜になると人通りも早々と途絶える。

「さむ」

川からの風は冷たくて、声にすると余計に背中が冷えた。けれど川に近づかなければ橋は渡れない。右へ、右へと折れて、人気のない川沿いの土手に明信は向かった。公園に近づくとちらほらと犬の散歩をしている人がいたが、季節のせいかそれもまばらだ。

真弓や勇太《ゆうた》が学校に通うのに渡っている広い橋を、明信はふと立ち止まって眺めた。新しく広く整備されたのはここ数年のことだが、その前にあった橋ももちろん長さは変わらない。

——あきちゃん、行こうよ。

まだ小学校低学年のときだ。幼稚園で一つ頭他の園児より大きかった丈を止めるようにしながら、近づいてはいけないと言われていた川端にたどり着いてしまった。

——行こうよ、向こう。

——だめだよ丈、だめ……っ。

必死で捕まえようとしても俊敏だった丈はするりと明信の手を抜けて、そのまま行ってしまいそうだった。けれど行かずに兄の手を摑《つか》んで、走りだしたのだ。

——走ったらすぐだよ、あきちゃん！

すぐだと、弟は言った。

そこは明信の想像の外側で、本の中の風景のように遠く手が届かない場所だったのに。

遠目に見ていた公園、少し雰囲気の違う川端。弟ははしゃいで、明信は呆然《ぼうぜん》とした。世界は広がって、想像は力を失くした。

——こんなだったんだ……川のこっち側。

小さなころから描いて来た明信のどんな想像とも、川の向こうは違った。目に映るものが与える高揚は、手の中の想像を遥かに越えて行くと知った。自分が、つまらなく思えた。

比べるものが、沢山在り過ぎたのだ。自分がどういう人間だか見極める材料に恵まれていた。無駄な回り道や高望みをしないことだけ、早く覚えて。手に余るものは欲しがらないで、できるだけ多くのものを求めずに、持たずに生きて来た。

なのに何故今になって何度も、こんなことを思うのだろう。

奔放さや自由を、妬《ねた》んだりしただろうか。いつでも彼らは明信の羨望《せんぼう》の先にあって、誇りはしたけれどただ羨《うらや》むには情が深すぎた。

「一度くらい訳のわかんない反抗とか家出とかしないと……こういう大人になっちゃうんだ、きっと」

行儀が良すぎた報いだと、足元ばかり見ている自分に小さく叱咤《しった》しても気持ちがはい上がらない。

「お金貸してください。お兄さん」

不意に、言葉とともに道を塞《ふさ》がれて明信は顔を上げた。川を渡らずにぼんやりしていた明信の目の前に、見覚えのない三人の学生がいる。近くの工業高校の学生なのは制服ですぐにわかった。

「お願いします。僕たちお金に困ってるんです」

言葉は丁寧だがこれはいわゆるカツアゲというものだろうと、明信は察した。

三人は見覚えのない顔だし、人を外見で判断するのはなんだが今他に判断材料がない以上見た目を並べると、金髪長髪ピアススキンヘッドと、そういう有り様だ。

「今持ってないんで」

丁重にお断りしようと手を振ったが通じるはずもなく、彼らは事もなげに明信の両腕を摑むと公園に引きずり込んだ。

「じゃあ、弟にお金持って来て貰ってもいい？　二つ年下の……善良な……」

なんとか丈に電話できないものかと明信は笑顔で尋ねてみたが、もちろん無言で首を振られる。

「持ってるだけでいいから、出せ」

「困ったな……学生服着てないとこういう目には遭わないと思ってたけど、最近は無差別なんだ」

考えてみれば丈は試合前だと気づいて、電話する訳にもいかないと明信は溜息《ためいき》をついた。見た目どおり明信は腕力勝負においては全く話にならず、試したことはないが恐らくは末弟にも勝てないだろうと時々傷を作って帰ってくる真弓を見るにつけ思っていた。

子供のころはこういうことがあれば兄か弟がすぐ飛んで来たし、もうそんなことからも無縁な身分になったと思い込んでいたので油断した。

「そういえば親父狩りとかいうものもあるらしいし、僕も合気道の一つもやっておいた方がいいのかなあ……でも暴力に暴力で対抗するのはなんか良くない気がする」

極真空手に丈に付き合って三日行った記憶があるが、よくわかったのは全くそういうものに自分が向いていないということだ。

「何ぶつぶつ言ってやがんだよ。さっさと出せ！」

「でも僕、こういう場面で容易に屈するのは大人としてどうかなと思うのでお金は出せません」

駄目もとで明信は、襟首《えりくび》を摑まれながらも話し合いに持ち込んでいた。通じないだろうという予測はつくので怖かったが、騒いだところで人も来ない。

と、思っていたが公園の外に、車が一台不意に止まった。ライトを点《つ》けたままの軽トラはしばらくそこにいたかと思うと、段差も顧みずいきなり公園の中に入り込んでくる。

「うわっ」

「何しやがる！」

そしてそのまま真っすぐに、少年たちの背を弾く勢いで突っ込んで来た。

「そりゃこっちの台詞《せりふ》だ。何してやがる少年」

「……龍ちゃん」

花屋のかわいいロゴが入った軽トラから銜《くわ》え煙草のまま降りて来たのは、川向こうの花屋の店主だ。

「カツアゲか？　働いて稼げ、働いてよ」

「なんだおっさん、やられてえのかよ」

「あー、やめた方がいいよ君たち」

手ぶらでエプロン姿の龍にやる気を見せた少年たちを、親切にも明信が止めようとする。

「そのお兄さんは昔、なんとかの龍とかかんとかの龍とか言われてた人で」

少年マンガに出てくるような仰々しい龍の通り名は明信の耳には馴染《なじ》まず、なんだったかと考え込んでいる間に一対三の乱闘が始まった。

「……あーあ、始まっちゃった」

暴力とは無縁の明信だが血の気の多い近親者に恵まれていて、こういうときは端に避けて見物することを常としている。ついこの夏にも初めて祭りに参加した勇太がだんじりで育った生きざまを遺憾なく発揮し、新たな伝説を作るのを眺めたばかりだ。

「あの祭りがあるから竜頭町の人ってみんな喧嘩っぱやいんじゃないのかな……」

青年団長として三丁目の山車《だし》も仕切っている龍の力技は一入《ひとしお》で、三人にハンデをやりたくなる惨状だった。

「あ……龍ちゃん危ないよ！」

「……くしょうっ。死ね……!!」

だがそのハンデは取り過ぎだろうという立ち入り禁止のポールを少年の一人が摑んで、力任せに殴りかかろうとする。

声に気づいた龍は難なくそのポールを避けて、少年を蹴《け》り倒すと転がったそれを拾った。

「く……っ」

「何がくだ。おーい、こういうもんで殴ったら死んじまうだろ」

ポンポンと、腕の中でそのポールの重みを確かめて、大仰に龍はそれを振り上げる。

「あ？　試してみっかこら」

息を飲んでいる少年の真横に、龍はポールを叩《たた》きつけた。

「お……覚えてろよ！」

「おお、今度この辺で見かけたら簀巻《すま》きにして川に放り込んでやるよ」

お定まりの捨て台詞を残して逃げて行く少年たちに手を振って、ご丁寧に龍はポールを元に

戻して直した。

「……ありがとう龍ちゃん、助かった」

「こっち側は結構物騒なんだぞ、夜んなるとああいう暇なガキがうろうろしててよ。電車かバスに乗れ、電車かバスに」

肩で息をついて礼を言った明信の頭を弾いて、龍が顔を顰《しか》める。

「うーん。ちょっとぼんやりしてて、今日は」

「最近いつもなんだろ？」

「大丈夫かな」

振った龍の右手の堅さに触れて、取り出したハンカチで返り血を拭《ぬぐ》いながら明信は呟いた。

「俺はなんも……」

「そうじゃなくて、あの子たち。助けて貰っておいてなんだけど」

「大丈夫。殺さない加減はガキのころに覚えたから」

結構ずたぼろになって逃げて行ったもう影も形もない少年たちを案じる明信に、肩を竦《すく》めて龍が答える。

そうしてふっと、ポールを叩きつけた自分の手に龍は目を落とした。何かおかしな間が流れてどうしたのかと明信が見つめると、すぐに視線に気づいて龍は笑う。

「しかし叱《しか》る方に回るとはな。俺もやったぞ、カツアゲ恐喝《きょうかつ》。なんだ、足やられたのか」

纏《まと》った何かを何処かに放って歩き出しながら、龍は明信の足を見た。

「思ったけど黙ってたのに……カツアゲ恐喝。ちょっと、引きずられたときにぶつけたみたい」

「ほら、おぶされ」

しょうがないなと言って、龍が明信の目の前に屈《かが》む。

それほどの怪我《けが》ではないと言おうとして、躊躇って明信は広い背を見つめた。

一度だけ、兄がそんな風に自分の前に屈んだことがあった。転んだのか、疲れたのか。そこはずっと弟の、真弓のための場所で、「まさか」と笑って明信は背に縋《すが》らなかった。

けれどそんなことをいつまでもいつまでも覚えているくらいなら、縋ってみれば良かったのかもしれない。

「……ごめん」

肩に手を乗せて、明信は龍の背に乗った。

事もなげに龍は明信を背負い上げ、軽トラの助手席を器用に開けて座らせる。

けれど尻をついても、明信は龍の肩を放さなかった。

「おい、どした」

「え?」

背を揺するようにして問われて、はっとして慌てて腕を解く。

「ごめんっ、ホントに……もう」

ぼんやりして、という言い訳ももう口に出すのは憚《はばか》られて、足をぶらんとさせたままシートに座って明信は俯《うつむ》いた。

――大丈夫か、明。

困ったような顔で見舞いに来た龍が、帰り際に枕元で問いかけた声が耳に返る。

――しんどくなったら、寄れや。な?

ここのところ何度も思い返す言葉だ。

「……大丈夫か、明」

耳に籠《こ》もった言葉と同じ言葉が投げられるのに、明信は顔を上げた。

癖のように龍が、大きな手で明信の髪をくしゃくしゃにする。

「僕」

否応《いやおう》無くその手に解けて行く自分を知るのは今が初めてのことではなくて、首を傾けて明信は溜息をついた。

「龍ちゃんに、会いたかったんだ」

何か誤解を招く言葉ではないかと思いながら惑うこともできずに、弱音のように小さく声を漏らす。

「ならいつでも来いって、言っただろうが」

しょうがない奴だというように笑って、明信の足を助手席に押し込むと龍はドアを閉めた。

「これからちょっと一仕事あるんだ。待ってられるか？」

「一仕事？　こんな時間に？」

エンジンをかけながら龍が問うのに、どんな仕事なのか想像がつかず明信が問う。

「ビルが閉まっちまってから、ロビーの花を生けるんだよ」

「へえ……そんなことしてるんだ」

走りだしたトラックは突っ込んで来た時と同じに段差をかまわず越えて、何事もなかったかのように大きな通りに出た。

「仏壇の花売ってるだけじゃやってけねえ御時世なのよ。小一時間ぐれえかかるぞ、醤油《しょうゆ》頼まれてねえだろうな」

「今日は平気。あ、でも秀さんに電話入れとかなきゃ」

呟いた明信に、龍がポケットから出した携帯電話を投げる。

「ありがと、借りる」

頭を下げて明信は、使い慣れない携帯に自宅の番号を入れた。丈がパチンコで当てて来た携帯電話は結局誰も使わないまま基本使用量の請求が来て、早々に解約されてしまった。そもそも家の電話もあまり使う者はいない。考えて見れば六人のうち二組がカップルで残りの二人は独り者なうえ男なのだから、電話も使われようがないというものだ。

「もしもし、秀さん？　明信です。大河兄から連絡あった？　なんか遅くなるみたいだった。

ええと、僕は……」

「メシ食ってけよ、どうせ寄ってくなら」

問われて惑った明信の隣で、龍が煙草を噛みながら口を挟む。

「……夕飯は食べて帰ります。ごめん」

もう時間も時間なので支度させてしまったかと済まなく思いながら、明信は電話を切った。

「こっち側ならまだスーパー開いてるし……僕なんか作ろうかな。勇太くんもいるんでしょ?」

「包丁とまな板ぐれえしかねえぞ。あと鍋とフライパンと……」

「それだけあればなんとかなるよ」

そう言いながらも何もない台所を思い出して不安になっていると、閑散としたビル街の路地で車が停まる。

「……一緒に行って、見ててもいい?」

「いいけど、つまんねえぞ。足は?」

「もう平気」

右足で車から降りて、明信は荷台を覗《のぞ》き込んだ。

「なんか持とうか」

「ほれ」

思ったより嵩《かさ》のある花に驚いて問うと、子供の使いのように龍は明信にハサミを持たせる。

容量のある腕の中に花を軽々と抱え上げて、龍はさっさと歩き出した。

慌ててひょこひょこ足を引きながら、明信も後に続く。

「毎度ー」

すっかり馴染みなのか警備員のいる通用口で頭を下げて、龍は人気のないビルのロビーに入った。丁度替え時なのか外から見える位置に飾られた花が、少し力を失っている。

「その辺に座ってろ」

言われて、明信はハサミを渡すと冷たい壁に寄りかかってしゃがんだ。

慣れた手で龍は古い花を片付け花瓶《かびん》を洗って、花を生けていく。バランスを考えてあちこち刈り込んだり切ったりと、思ったよりその一仕事は時間を要した。

少しだけ見慣れない不思議な光景に、ぼんやりと明信は膝《ひざ》に頬杖をついた。

時折考え込んだりしながら丁寧に花を生けている手が、さっき公園で少年を殴り倒したとは誰も思わないだろう。けれど明信にはどちらも龍の手だと、容易に納得ができる気がした。

どちらの手も、明信は昔からよく知っている。

「……すごいね、龍ちゃん」

感嘆とは少し違う劣等感が声に滲《にじ》んで、もう明信はそういう自分を押し込めるのをあきらめた。

「かっこいいし、花はきれいだし」

「そんな当たり前のことわざわざ言うなよ」

言われ慣れている龍は簡単に流してしまって、振り返りもせず作業を続けている。

「子供のころも……」

軽口に笑いながら明信は、抱えた膝に頰を乗せて遠い時間を追った。

「龍ちゃんかっこよかったな」

「暴走族か？」

ハサミを鳴らす手が一瞬止まって、ふっと間が落ちる。さっきも見た陰りが差すのに、顔を伏せている明信は気づけない。

「やめた方がいいって、小学生に説教されたぞ。俺」

けれどそれは一瞬で、肩を竦めて龍は意外な昔話をして笑った。

「そんなこと、覚えてるんだ」

驚いて明信が、膝から顔を上げて尋ねる。

「あれ以来おまえにゃよえんだよ、俺は」

困ったように眉《まゆ》を寄せて、花をいじりながら龍は頭を掻《か》いた。

すぐに思い出せる少年の手と容易に重なる龍のその手を、明信は見つめた。

「僕、あの時のことすごくよく……覚えてるんだ。ゼッケンつけてくれたでしょ」

「おまえは泣いてたな」

パチンと、茎を切る音に少しだけトーンの落ちた龍の声が重なる。

「一人で、誰にも見つかんねえように声を殺して」

「それは、忘れてよ」

苦笑してごまかそうとしたのに明信は、簡単に抱え込んだ膝から十の自分を呼び戻してしまった。きっと随分長いこと、その小さな少年を自分は忘れて、放ったまま何処かに隠してしまったのだ。

だから出てくるすべを見つけた途端彼はこうして傍らに佇《たたず》んで明信を、恨みがましく見つめて過去に呼ぼうとしている。

頼りない声で、呼んでいる。

「こないだ」

特に運動をしている訳でもないのだろうがきれいに筋が隆起する背を明信に向けたまま、ふっと、間を埋めるように龍は口を開いた。

「ん?」

「元の自分に戻っちまったみたいなこと、言ってただろ。おまえ」

うまく長さが合わない花の茎を切る音が、思いのほか大きくロビーの高い天井に響く。

「そんなこと……言ったっけ」

「覚えてねえならいいけど」

話したくないならと、話を終わらせようとした龍に、苦笑して明信は首を振った。

「……嘘《うそ》。覚えてるよ」

頬杖を深くして目線が、手元に戻る。

「なんかね」

靄《もや》のようにはっきりとしないものを語れるか自信はなくて、当てもなく明信は口を開いた。

「僻《ひが》んだりいじけたりしてる自分、かな」

「なんで」

短く、曖昧《あいまい》な問いを龍は投げてくる。

考える長い時間を龍はくれたけれど、明信には答えられない。

「なんでだろ。でも僕元々、そういう人間だったんだ。やめたつもりだったんだけどなあ。誰かと自分を比べたりとか、僻んだりとか」

「やめるっつってやめられるもんなのか？」

「うーん。でもずっと、随分ちっちゃいころに」

うまく説明できるだろうかと苦笑しながら、明信は手で、曖昧な、とても小さな輪を作った。

「このぐらいの自分、っていうのを知って」

大きさを示す言葉に、龍が手を止めて振り返る。

「そんなかよ」

「うん、このくらい。それで……それ以上は欲しがらないようにして来たんだけどね」

本当に？　と、誰かが聞いた気がした。その輪の中に閉じ込められて、堪えていた少年の声だ。

その声は責める相手を、探している。誰かのせいだと、言いたがっている。

——気をつけて帰れよ、手間かけたな。

何か労《いたわ》るような兄の、何度も見た目を明信は思い返してしまった。

「大河兄は」

見ないふりをしていたけれど兄は、いつも少しだけ自分に気遣う。

「きっと……子供のころからこういう僕を、よく知ってたんだ」

済まないという気持ちと、それから、もう一つの思いで。

「だからいつも、僕の一番を探してくれた。一生懸命」

何かを持たせようとしていたのだ、大河は。一人だけ手の中に何も持たずに生まれて来たような、弟に。

必死で。

「留学のことだって……丈やまゆたんのことだったらきっとあんなにむきにならなかった」

それを感じていたから明信も、甘えることを何処かで自分に禁じていた。なのにいつの間にか、餓《かつ》えだけが積もって。子供じみた気持ちが、顔を出した弾みはなんだろう。

「そんなこと、わかるかよ。あいつはおまえが思ってるよりもっと単細胞な男だぞ」

茶化すでもなく龍は、一人で暗いところに陥ろうとする明信を引き留めた。

「大河兄の中で、僕はまだ何も持たない、なんにもできない子のまんまなんじゃないのかな。僕は」

その声は耳に届かずに、視界を狭めたまま呟く。

「大河兄が僕に持たせたかったもの、今も、何も持てないままで」

作った手の中に何かを、明信は探した。

ずっと探していた。自分にも何かあるはずだと思いながら信じられなくて、小さな輪の中に自分を閉じてしまったけれど。

——おまえらに不自由させたくねえっていうのは。俺のためでも、あるし。

立ち込める煙草の煙に霞《かす》んだ、兄の伏せた目がふと手元に返る。

——やっぱ人に言われると安心すんだよ。ご両親いないのに立派になってってな。

あんな頼りない兄の声を聞いたのは、もしかしたら初めてかもしれない。喧嘩の最中さえ、明信の前では大河は背を張っていた。

——我ながらつまんねえ、小せえ人間だと思うけどよ。

情けねえなと、辛《つら》そうに大河は己を咎めた。

あんな声を、出させたのは自分だ。

「……っ……」

「……明」

嚙み殺そうとして堪えられなかった嗚咽《おえつ》に気づいて、龍は、ハサミを摑んでいた手を置いた。

歩み寄る龍に気づいて明信はいつの間にか視界を掠《かす》めていたものを拭おうと必死になったけれど、隠せないまま手の甲を伝い落ちる。

「隠すことねえだろ」

叱るように溜息をついて、龍は明信の前に屈んで節榑《ふしくれ》立った手の先に眼鏡を取って行った。

「……情けなくて」

様々な負の気持ちに囚《とら》われた、きっと醜いだろう涙を見られたくなくて、肘《ひじ》の先で明信が顔を隠す。

「自分が弱いの……大河兄のせいにするなんて」

右目だけ腕で塞いでも左目は間近な龍の目と出会ってしまって、明信はきつく唇を嚙み締めた。

「おまえそんなこと言ってねえよ」

「言わなくたって思ってたら一緒だよ……っ」

蓋《ふた》をしても蓋をしても、いつでも自分のことを思ってくれる兄弟に、何かを負わせようとする卑怯《ひきょう》な自分がいる。足りなさを僻んで。

「……思ったって」

涙を隠そうとする右手ごと、乱暴に、龍は明信の体を抱えた。

「言わねえなら、それはおまえが強いからだ」

いつの間にか体ごと龍の腕の中に包まれて、落とされた声を明信は聞くほかない。

「そういう弱い気持ちに、巻かれねえように頑張ってるってことだろ?」

言い聞かせるように龍は、根気よく、返事のないまま言葉を続けた。

「なあ、違あかよ」

まだ馴れない龍のやさしい声に縋っていいのかどうかはわからなくて、唇を噛み締めたまま明信には何も言えない。

小さく息をついて、龍は掌で明信の涙を拭った。

「それにそれはおまえ、ブラコンってやつだろ」

少し手を緩めて、明信の頭に顎《あご》を乗せて龍は笑う。

「あいつはよ、大河は。いつでも山ほど、なんか抱えようとするだろ。誰のことも彼のことも、責任持とうとして」

穏やかな口調の中に語られた兄の生き方はわかりやすくて、顎の下で、明信は頷《うなず》いた。

「他人の俺だって、あいつ見てると本当に自分がやり切れなくなるぜ。いい歳こいて手ぶらで生きてんだかんな、俺なんかよ。兄貴ならなおさら、おまえも自分と比べちまうんじゃねえのか？」

そんな風に言われてしまうと、嵌《は》まった暗がりがなんなのかわからなくもなる。

「簡単に片付け過ぎか？　俺」

ぼんやりと顔を上げた明信に、困ったように龍は頭を掻いた。

その様が本当に困り果てているようで、つい、明信も笑ってしまう。

何故だか、驚くほどやさしい顔で、龍は明信の頬に手を伸ばして笑った。顔を拭って行った指が濡れて、緩く、龍はそれを握り締める。

「一人で泣くな、明」

夢に聞いたのと同じ囁《ささや》きで、不意に、龍は笑うのをやめた。

「おまえに泣かれるとマジで……どうしたらいいのかわかんなくなんだよ、俺は」

言いながら自分でその言葉に惑ったように、龍が眉を寄せる。

「な？　泣くなよ」

額を寄せられて明信は、唇が、唇に触れて行くのに目を閉じた。

この間のように、胸を押し返す気にはなれない。触れただけの唇から、思いがけない龍の情が流れ込んでくるのを返したくはなくて。

長くも、短くも感じる時間が流れて、静かに龍の唇が離れて行った。

何も言わずにその唇を見送る明信にばつ悪げに、癖なのか龍はまた髪を掻く。この間のように謝らずに、明信の髪をくしゃくしゃにして眼鏡を返すと龍は立ち上がった。

まだ終わっていない仕事を片付けるために、花の前に戻って行く。

「……だいたいおまえは頭が良すぎんだ。俺なんかそんなこと考え出したら死ぬしかなくなるっつうの」

冗談とも本気ともつかないことを言って、龍は明信に背を向けてしまう。笑おうとして笑わない頬が少し明信の気持ちを引いたけれど、前髪がすぐにそれを隠した。

「それに俺、おまえのこと知ってるぞ。おまえより余計に」

仕上げのように花の位置を整えて、落ちた葉や茎を片付けながら龍が呟く。微《かす》かに振り返った顔はもう笑っていた。

「おまえがガキのころにはもうおっさんだったからな」

「何言ってんだよ、さっきの子たちぐらいのときのこと覚えてるよ。僕」

やっと絞り出した声で照れ隠しに、少しの憎まれ口を明信がきく。

「それを言われると辛い」

肩を竦めておどけながら、始末を終えて龍が花から引いた。

「……きれい」

トラックの荷台でしんなりしていたときとはまるで違う生命感を見せる花に、目を奪われて明信は腰を浮かせた。

「あ？」

「あ、花。びっくりした……龍ちゃんにそんな特技があったなんて」

「バカ、特技じゃなくてこりゃ仕事だ」

照れたのか乱暴に言って、龍が荷物を纏める。

「……だから人なんてよ。わかんねえだろ」

自分のことに準《なぞら》えるのも不本意で、遠慮がちに龍が話を戻した。

「え？」

今度は明信がなんの話かわからず、歩き出しながら問い返す。

「そんな」

水に触った冷たい右手が、明信の左手を取った。

「小せえ輪っかに、自分を入れちまうな」

そんなことを口にするのは得手《えて》ではないとそんな風に、言い捨てて龍は口を噤《つぐ》んでしまう。

けれど取られた手はそのままそこに在って、明信の指先の小さな輪を切ってくれた。

頭を下げてビルを出て、車のところで龍の足が止まる。

「何作ってくれんだ？」

「あ……なんでも。龍ちゃんの好きなものでいいよ」

「じゃあ肉だ」

笑んで、自然に手は離れて行った。

「駄目だってば、偏った食生活」

小言を言いながら明信も笑って、車に乗り込む。

冬の夜気が閉めようとしたドアから入り込んだけれど、凍えずに明信はシートに凭《もた》れた。


自宅の部屋も一緒高校も一緒もちろんその行き帰りも一緒なのに、何故に恋人たちは外でデートをしないと気が済まないのか。

と、言っても一日三十分弱のことだが、勇太《ゆうた》がバイトの日真弓《まゆみ》は必ず終わるころに花屋に迎えに来て、缶コーヒーを買って百花園《ひゃっかえん》の前の公園のベンチでこの寒いのに肩を寄せ合って二人きりを満喫していた。いい加減話すことも尽きるだろうと周囲は既に呆《あき》れていたが、話題には事欠かない家庭環境だ。

そんな話なら家で喋《しゃべ》れ、とは長男でなくとも言いたくなるところである。

だが隙を見てひょいと出て行く真弓を止めるのは段々と困難になり、それくらいならと大河《たいが》も目くじらを立てなくなった。

しかしここ数日の真弓のお迎えの目的は、明らかにデートではなくなっている。

「済まんな。今日賄《まかな》い遅かったんや、龍《りゅう》が外で仕事して来たんでな」

店の片付けをほとんど済ませレジ台のところで遅い夕飯を食べながら勇太は、目の前に座っている真弓に言った。

耳に入っているのかいないのか、いやいないのだろう真弓は、両手で頬杖をつきながらちらちらと二階を見上げることをやめない。

「……誰かお客さん来てるの？」

「知らん」

「知らないってことないでしょ」

「龍のプライベートや。お答えできません」

わざと丁寧に答えて、勇太は上から運ばれて来たいつもの弁当とは違う夕飯を食べ進めた。

「なんで隠すの」

顔を顰めながら真弓が、いんげんの肉巻きをひょいと掠め取る。

「おいっ」

遅い成長期が止まず最近食欲旺盛《おうせい》な勇太はケチ臭くも怒ったが、かまわず真弓は口に入れてしまった。

「こらっ、誰がやるっちゅうた！　おまえ家でメシ食って来たんやろが……戻せっ」

恋人といえど食欲のことは別だと勇太はむきになったが、よく嚙んで肉巻きを飲み込んだ真弓の顔色がそれとは無関係に変わる。

「これ、作ったの明《あき》ちゃんでしょ」

「……知らん」

「明ちゃんでしょ！　わかるもん俺子供のころからこれすっごくいっぱい食べたんだから!!　なんでうちに帰んないで明ちゃんがここでご飯作んの!?　明ちゃ……っ」

立ち上がって勇太を問い詰め、その勢いのまま二階に兄を呼ぼうとした真弓の口を、慌てて勇太は塞いだ。

「んぐ……っ」

「どんな小姑《こじゅうと》やおまえはっ。人のことは放っとけ言うとるやろ！」

「人のことじゃないもんっ、明ちゃんのことだもん！」

手を振りほどいて真弓はまた二階を睨《にら》んだが、もう呼ぶことはせずふて腐れて口を尖《とが》らせる。

「帰る」

「おい……っ」

まだ花屋のエプロンをしている勇太を置いて、ぷいと真弓は歩きだしてしまった。

そんな子供じみたわがままに付き合って追いかけるのもどうかと思いながら放ってもおけず、慌てて辺りの始末をする。

「もう出るで、龍！　戸締まりしてやっ」

盆を階段の下に置いて、勇太は店を飛び出して真弓の後を追った。

「……待てて、真弓っ。あんましガキくさい真似すんなや」

当てもなく公園の方に歩いていた真弓をすぐに捕まえて、肩を摑む。

「明信《あきのぶ》が龍のとこでメシ食ったらどうやて言うんや。明信はもうええ大人やし、おまえかてガキちゃうねんぞ」

「……明ちゃん、変だ」

背に投げた小言をまるで聞かず、真弓は考え込むように俯いたまま言った。

「絶対変。なんか」

「まあ、そやな最近確かにおかしいけど」

そこのところは反論する気はなく、勢いが殺《そ》げて勇太の歩調も緩む。

「それもあるけど、昔っから……明ちゃんのことだけ時々よくわかんないんだよね。実は」

珍しく口元を躊躇わせながら、小声で、真弓は言いたくなさそうにそれを告白した。

「秀《しゅう》のことがわかんない感じに少し似てるかも。そういえばさ、秀と勇太が来たばっかりのころ、明ちゃんが秀と話してるの聞いちゃって」

ずっと心に引っかかっていた、一年前の夏の光景が、真弓の前に返る。

「本の話して、秀に。そんで、どうして自分のこと『僕』って言うのかって聞いてた。なんだか明ちゃん、心細そうで」

時々何かの見まちがいだったのかと思うこともある兄の表情を、真弓は思い返した。

「全然、知らない人みたいだった」

その時も大河《たいが》に言った言葉は、口にすると段々と気持ちが重くなる。

「明ちゃんだって俺が思ってた明ちゃんじゃない、違う明ちゃんがいるような気がする」

「……そうやとしても、そんなんは当たり前のこととちゃうの。おまえかてそうやったやろ、家族には見せたことない自分っちゅうのがおんのは普通のことや」

そんなものはいないと言える材料は何もなくて、やんわりと言って勇太はいつの間にかいつもの公園に足が向いている真弓の隣を歩いた。

「そうだけど」

肯定しながら何か不満そうに、真弓が親指の爪《つめ》を噛む。

ラーメン屋の屋台が立てる蒸気の音が響いて、余計に寒さが増した気がして勇太は真弓の肩を抱いた。

「うちの中の明ちゃんはいつも笑ってて、怒ったりしなくて。大河兄と喧嘩したときにあんな風に泣いたりしたのだって、初めて見た。ちょっと、びっくりしたよ」

自分より一段高くなってしまった肩に少しだけ寄りかかって、そのせいか真弓の声が頼りなくなる。

「もっと泣きたいときとか、何処で泣くのかな」

想像に胸を占められてしまったのか、真弓は勇太の背をきつく摑んだ。

「真弓が明ちゃんのこと傷つけて、泣かせたことも本当は……あったんじゃないのかな。大河兄のことだって、真弓が独り占めしてた。明ちゃんのお兄ちゃんは、大河兄だけなのに」

「何もうちの中で泣かんでも、明信には明信の場所がどっかにあるんやろ。そういうもんを埋めんのが他人なんも、しゃあないことなんやないんか。俺らかて」

「……うん。そうだけどさ」

酷《ひど》くわがままな寂しさが真弓の頰を触ったけれど、口には出さず勇太に頷く。

百花園前のいつもの公園に入って温かいコーヒーを買って、奥のベンチに二人は腰を下ろした。公園の街灯も、もう消えている。

「……で、勇太はもしかして、それが龍兄だって言うつもりじゃないよね」

黙り込んで考え込んでみればすっかり話が逸れていることに気づいて、真弓は直球で勇太に尋ねた。

「知らんわそんなん。確かに今日の賄い作ったんは明信やけど、何もそこまで飛ぶことないやろおまえも」

「なんか知ってんじゃないの？　勇太。もしかしてすっごくしょっちゅう明ちゃん龍兄のとこ来てるの？」

「いいや」

最近と言える時間のうちに三回見かけたがしょっちゅうという言葉には該当しないだろうから嘘ではないと、短く答えて勇太が首を振る。これでいて個人のプライバシーを侵害するような男ではない。

しかし、何か、どうもおかしな空気を感じるのは間違いないとは勇太も思ってはいた。だがバイトに入って眺めている限り龍は女にはだらしないが素人《しろうと》や小娘には手を出さないようなところがあるし、ましてや男で幼なじみでどう見ても晩生《おくて》の明信とどうこうと言うのは考えにくい。

「なんだよ、黙っちゃって」

顔を覗き込んで来た真弓の、最近多少大人びた顔を勇太は見つめた。

大人びたと言っても十人並みにはまだ遠く、同級生たちからしたら幼い。そもそもそういうタイプは、勇太には範疇《はんちゅう》の外、全く好みのタイプではなかった。

考えにくいことも起こるのが現実というものだと、勇太は身をもって知っている。

「明信は、一番最初に俺がおまえに惚《ほ》れとるて気いついて」

「どしたの、急に」

「何が起こっても因果応報て呟いて俺とおまえを許すべきやて、大河に言うてくれたんやと。聞いたことあるか?」

「初めて聞いた」

唐突に勇太がそんな話を始めたことにも、明信がそんなことを言ってくれたということにも驚いて、きょとんと真弓が目を丸くする。

「前に秀が言うとったんや。俺が自覚するより早くにあいつの方が気づいたぐらいなんちゃうか、その話からしたら」

キスをしたその瞬間まで自分ははっきりと恋だと思わなかったから、そういうことになるのだろうと、勇太はいまさらながら感心して言った。

「……ふうん、なんか意外。明ちゃんそういうこと疎そうなのに」

「けど人の気持ちにはえらい敏感なとこあるやん。おまえらの兄弟ん中やったらあいつが一番気い遣いや。群抜いてるで」

「そんで最初っから味方してくれたんだ。明ちゃんやさしいなー、いつも」

あまり憚りなくべたべたすると悲しそうにする明信だが、大河が猛反対している時もやんわりと庇《かば》ってくれていたことを真弓が思い出す。

「せやからおまえも、明信がなんかしでかしたら味方になってやり。ちっと頼りない味方やけど」

もう既に何かしでかしているような気が刻々としていたけれどそうは言わずに、勇太は遠回しに真弓の不審が的外れではないことに同意した。

「なんのこと？　明ちゃんが何しでかすの？　子持ちの未亡人と付き合ってる？　それともすごい年下の女の子とか？」

「……おまえも、なんやおかしいて思てるから龍にキリキリしとるんやろが」

「やっぱり明ちゃん龍兄とどうかしちゃったの？　そんなの絶対駄目だよっ、駄目！」

「シッ、声が大きいわ」

ほとんどが顔見知りのこの界隈《かいわい》でその大騒ぎはないだろうと、勇太がきつく真弓の肩を抱き寄せて咎める。

「どのみち大河も丈《じょう》も大反対なのは目に見えとる。秀が来たときにしたって、最初から味方やったんは明信だけや。そういう明信がなんやなってしもたら、おまえ一人ぐらい味方になってやらんでどないすんねん。……めっちゃ頼りない味方やけど」

気にかけるまいと思いながらも何かただならぬものを確信している自分に言葉とともに気づいて、なんの確証もないのに飛び過ぎだと勇太は溜息をついた。

しかし朝帰りの明信を見送った龍は、あそこに通っていて何度か見かけた女を帰すときの様子とどう見てもたいして変わらなかったのだ。

「だいたい丈はともかく、おまえと大河になんか言う権利あるんかいな」

それにしても明信がかと思うと半信半疑になりもして、こういう想像で語ること自体が済まないような気持ちになりながら勇太は一応真弓に釘《くぎ》を刺した。

「だけど……っ」

近くで龍を見ている勇太にそんなことを言われるともはや真弓は事実のように思い込んで、すっかり心が先走る。

「龍兄はいっつもモテモテで、女の子なんかとっかえひっかえで、百戦錬磨のなんとかかんとかって達《たつ》ちゃんが言ってたもん。明ちゃんなんか彼女いたことあるのかどうかも怪しいのに、いきなり龍兄なんてそんなのなんか……」

「ええやないか、手ほどきして貰えて。……アイタッ、何子供返りしてんねん！」

もう適当に流してしまおうとして軽口をきいた勇太の手に、いきなり真弓が嚙みついた。

「明ちゃんはねっ、そういうんじゃないの！　やなのそんなの!!」

恋人の言うとおりすっかり小さな弟になってしまって、駄々のように真弓が喚《わめ》く。

「何がや。そんなん言うたらおまえと俺かておんなじやないか。もったいないっちゅうことか、百戦錬磨のなんとかかんとかにバージン持ってかれて」

引っかかりを感じて勇太は、片眉を上げて真弓を見据《みす》えた。

「……そんなこと思ってないよっ！　でも自分のことと明ちゃんのことは別なの!!」

「兄弟ん中でも理不尽にかけてはおまえの右に出るもんはおらんなあ……なんで時々そうやって感情だけでもの言うんや、おまえは」

「他に人間に何があんの!?」

どう見てもただ感情的になっている真弓に詰め寄られて、溜息をついて勇太がその肩を押し返す。

「……まともに話そうと思った俺があほやった。なんや俺ちっと参ったわ」

ふいと、真弓に背を向けて勇太は、ベンチの背に肘をかけて凭れた。

「なにが」

「もうええ」

背に問いかけて来る真弓を相手にせず、小さく手を振る。

「……ごめん」

すぐに、真弓は自分の失言に気づいて、勇太の上着を摑んで謝った。

「ごめん、ごめん！　俺無神経だった」

昔のことは気にしないと言ったのに、明信の話に準《なぞら》えてわざわざ勇太を傷つけてしまったようで、いたたまれず肩を引く。

「気にしてないよ、会う前のことなんか。だって今は浮気してないでしょ⁉」

「……してへんわ」

勢い振り向かされて勇太は、少し身を引きながら答えた。

「なに、その間は」

「おまえがびっくりするような勢いで聞くからや！　信用してへんのか⁉」

ここで劣勢になっては痛くもない腹を探られてしまうと、勢いをつけて勇太も言い返す。

「してるよ、信用なんか」

憮然《ぶぜん》と言ってから自分が一つ勇太に嘘をついたことに気づいて、真弓は頭を掻いた。

それは言ってもいまさらどうにもならないことで、だから口にするまいと思って来たけれど、嘘は嘘なのだと改めて思う。

「……あーもー、口ではなんとでも言えるよね。嘘だよ。本当は気にしてるよ、信用はしてるけど」

一度だけ、勇太に教えてもいいだろうかと、真弓は少し伸び過ぎた前髪を払った。

「しょうがないじゃん、それはさ。俺、勇太がどんな気持ちでしたことだって、昔のこととか本当は気にしてる。気にするっていうか、やきもち焼いてる」

距離を持ったまま自分を見た勇太の顔が曇るのにもう言葉を悔やんだけれど、声にしてしまったことは取り返せない。

「なんで生まれたときから俺が側にいて、勇太の初めてのキスも初めてのエッチも全部俺じゃなかったのかなって。秀みたいにさ、もっと早く勇太に会いたかったなって。思っちゃうもん。そういう考えてもしょうがないことって、俺普段全然考えないけど」

我ながら目茶苦茶だとわかってはいて、どうしようもない繰り言を勇太に教えてしまう自分に真弓は呆れ果てた。

「勇太のことだけは、どうしても考えちゃうよ」

ふっと目線を外した勇太にどうしようもなく後悔して、真弓も俯く。

「もう……二度と言わない。ごめん」

かじかんだ勇太の手を取って、真弓は顔を覗き込んだ。冷えた唇に唇を合わせて、これ以上の気持ちは何も隠していないと教える。

「……済まん」

首にしがみついて頬を寄せた真弓に、覚えず、心から勇太はそう呟いてしまった。

「謝んないでよ、本当にゴメン！　勇太悪いことした訳じゃないもん……ごめん、俺ただ勇太に嘘つくのがやだったから」

結局自分の我で勇太を傷つけてしまっただけだったと、真弓は唇を噛んで首を振った。

済まなさに触れていられなくなって、肌から離れる。

「そんで勇太のこと傷つけたら世話ないや。直す、この性格。ごめんなさい」

「そう簡単に直るかおまえのそのパッキリしたとこが」

時に長所にも短所にもなる真弓のそういうところを勇太は少しも厭《いと》いはしなくて、苦笑して腕を引いた。

「けど聞いといて良かった。全然気にしてないて、口で言われても。ほんまかなって俺にも疑るみたいなとこあったし」

靄《もや》のようにはっきりしなかった曇りが一つ退いたと、そんな気持ちにもなる。

そして昔のことには拘《こだわ》らないと何度も言いながら少しも捨て切れていない自分も、認める他なくて。

「悪いことちゃうて、おまえ言うたけど」

捨て鉢に流して来た時間を見つめるのは辛い作業で、けれどずっとそこから目を逸らしていては滞るものが確かにあった。

「やっぱり悪いことや」

心がなかったからと言って、捨ててしまうことはできない。それもまた確かに、自分がしたことで、自分の時間だ。

「後悔、しとる。なんであんなええ加減なことしとったんやろ、おまえに悪いて。思う」

恋人が愛しいという自分を少しも大事にしなかった過去は、思い返すとただ、大切なものに触れるように伸びてくる真弓の指に済まなく思えた。

——まだ、ツケを払ってねえような顔だ。

いつだったか龍に言われた言葉が、勇太の耳に返る。あのときはまだ、ツケの重さを考えはしなかった。

「結局、どっかでツケは払わなあかんのやな。忘れたふりしとっても」

先は長いと、龍は言っただろうか。

何も話しはしないが同じものを感じる龍は、いつまでも一人でいて、今も何かのツケを払い切れないでいるのだろうかとふと、思う。

「……勇太」

ぼんやりと見えない先を眺めた勇太の頬に、真弓は手を伸ばした。

「俺、勇太のこと、許せないことなんて一つもないよ」

余計なことを思わせてごめんとは、もう謝らない。

「俺がわがまま言っても、駄々捏《こ》ねても……それだけ忘れちゃやだよ」

今ここに必要な言葉は、いくつもなくて。

もう一度真弓は、勇太を抱き寄せた。

その背を、ただ愛しさが募って勇太も抱きしめる。そのまま強く抱き込んで背を反らせた真弓の唇を、勇太は唇で塞いだ。

「……わかってる」

唇の端を噛むと、真弓の冷たい髪が小さく震える。

「せやから俺はいられるんやて、言うたやろ」

いつかの告白を繰り返して、きっと、これからも何度も繰り返して。口づけて肌の温度を、分け合って。

「もうちょっと、寄り道してこか」

瞼《まぶた》に唇を当てながら、低く掠れた声で勇太は聞いた。

「……うん」

目を閉じて吐息を白く夜に落としながら、真弓が頷く。

冷たさに強ばった真弓の手をポケットの中に入れると、ゆっくりと歩調を合わせて勇太はベンチを離れた。


薄曇りの昼前に学校に行こうと腰を上げたところで家の電話が鳴って、明信《あきのぶ》は慌てて電話に駆け寄った。家の中にいるのは秀《しゅう》だけで、締め切りが近いのか部屋に引きこもっている。なるべく存在に気づかれまいと、明信はこっそりと昼のような朝のような食事を取って静かに片付け終えたところだった。

「……はい帯刀《おびなた》です」

小声で名乗ると、受話器からは聞き慣れた勇太《ゆうた》の声が返った。

「どうしたの学校は」

驚いた明信の問いに、学食の電話だと不機嫌に答えて、花屋が閉まっていると勇太は言う。

例のごとく遅刻して朝通りすがりに戸を叩《たた》いたが起きる気配がなかったので、寄ってみてくれと短く言って勇太は電話を切ってしまった。

「待……」

そもそもこの家においても勇太が電話をしている姿など見たことがないので相当嫌いなのだろうとは思っていたが、ここまでとはと苦笑しながら明信も静かに受話器を置く。それでも電話をしてきたのだから、余程気になることなのか。

「なんだかんだ言って、仲がいいんだよね。あの二人」

いつも喧嘩《けんか》ばかりしている店主とバイトを思い出して、肩を竦《すく》める。

どうして自分に、とは何故だか明信は思わなかった。何か動いている気持ちがあるのを、気持ちの底で認めている。この間言葉にしてしまった会いたいという思いが、何処《どこ》か明信を落ち着かなくさせていた。

「電話、鳴った？」

不意に、すっと玄関よりの部屋の襖《ふすま》が開いて、随分と疲れた風情の秀が顔を見せる。

「もう切ったよ」

秀に懇願されて敬語を直してから一年以上にもなるものの、性分からかまだぎこちなくなる言葉で明信は笑った。一応目上の人間だし、この家では誰も秀をそんな風に扱わないが明信にとっては憧《あこが》れていた作家なので、本当は敬語の方が落ち着いて喋《しゃべ》れた。

「ごめん、一人でご飯食べちゃったんだ」

「何言ってるの。締め切り前なんでしょう？　僕はご飯作って貰《もら》うより、おもしろい小説読ませて貰った方が嬉《うれ》しいよ」

「……明《あき》ちゃん……ありがたくて涙出るけど……そんなプレッシャーなかなかないよ」

本当によろよろしながら秀が、額で襖の縁に寄りかかる。

「僕は今でもファンだから、楽屋裏見るのは複雑な心境」

くすりと笑って、明信は上着を羽織った。実のところ締め切り前の秀と大河《たいが》のスマートでないことと言ったら一読者であった明信の想像を越えていて、正直に言えば見たくなかった代物《しろもの》であった。

「夕飯、今日僕作るから。頑張って、秀さん」

言いながら、けれど花屋に寄るつもりだったとぼんやり思う。今は真昼だし帰らない訳などないのにと首を振って玄関に腰を下ろすと、何故だかふらふらとついてきた秀が真後ろにしゃがんだ。

「ど、どうしたの秀さん。なんか買い物？　帰りでいいなら買って来るよ」

「そうじゃなくて」

どてら姿で目の下を暗くして、いつもさらさらの髪を乱しに乱している憧れの作家は、机で寝たのかよく見ると頬《ほお》に新聞を鏡像印刷している。

会う前は、ビロードのガウンにブランデーを揺らしながら高層マンションで執筆しているのだろうぐらいに思っていた明信は、こんなとき少しだけ現実を連れて来た大河を恨んだ。

「……どうしたの、秀さん」

男ばかりの家なので鏡も洗面所にしかなく、顔を洗うように言うべきだろうかと迷いながら明信が問う。

「うーん……ちょっと話してもいい？　時間ある？」

「僕は全然。今日は行かなくてもいいぐらいの日だし」

しかし時間がないのはそっちの方ではないのかと思いながらも、靴紐《くつひも》を結んでいた手を明信は膝《ひざ》に置いた。

「あのね」

ちんまりと玄関マットにしゃがんだまま、少し改まった声を秀が聞かせる。

「こうやって一年以上も一緒に暮らして、昔の話聞いたりしてると。こないだ、熱出した時とかにね。みんなから色々聞いて」

さらによく見るとどてらの下はここのところずっと着ているような気がしてならない寝間着だと明信は気づいたが、努力して見ないふりをした。

「僕やっぱり明ちゃんの最大の居場所、取っちゃったんだなって。つくづく思って。だから一度、ちゃんと謝っておきたくて。ここんとこずっと元気ないの、僕のせいもある？」

ストレートにそんなことを言って来る秀に目を丸くして、なんと答えたものかと明信が息をつく。

「……締め切り前の秀さんって、ちょっと酔っ払いに似たものがあるよね」

あまり素面《しらふ》で言えることでもない気がすると感心していると、その言葉が胸に突き刺さったのかただでさえふらふらの秀は床に倒れた。

「あっ、ごめん！　落ち込まないで、普段なら言わないんじゃないかなって思っただけだよ」

時々こうして気遣いなく暴言を吐くところが真弓《まゆみ》譲りだと心の中で理不尽な押し付けをしながら、慌てて明信が秀を支え起こす。

「でも秀さんがずっと、そのこと気にしてるのはわかってたよ。最初に聞かれたし、仕事とっちゃっていいのって。覚えてる？」

さめざめと泣き出しそうな秀の顔を覗《のぞ》き込んで、誠心誠意言葉を尽くして明信は言った。

「うん、聞いたけどでも……あのときはまだよくわかってなかったから。僕も」

「卒論の準備があるし助かるって、軽く答えたけど」

苦笑して、去年の夏の家の中のぎこちなさを明信が思う。まだ慣れない間柄だったけれど、秀に遠慮して咄嗟にそんな風に言った訳ではなかった。

それまでほとんど一人でやってきた台所を預かっていいのかと秀に尋ねられたときのことを、明信はよく覚えている。

「すごく考えた末の答えだったんだ、今だから言うけど。聞かれる前から、考えてたんだよ。もしかしたら秀さんが来る前から、僕はそのことを考えてたのかもしれない」

言葉に嘘《うそ》はなく、ぼんやりと、明信は秀に笑って仕事を引き渡した自分を思い返した。

「……僕なりの踏ん切りだったんだ、多分。秀さんに、思いっきり押し付けちゃったけど」

思えば本当に、ずっとそのことを考えていた。

「僕は」

小さな自分、何も持たない自分を知って。何かいつも不安だった。誰にもいらない人間なのではないかと、怖かった。

——どれだ、ゼッケン。俺こういうの得意だからよ、つけてやっから。

大きな手、頼りになる手は、ささやかだけれどどうしたらいいのかわからない問題を片付けてくれて。

あんな手のように、誰かを安心させて、誰かに求められたいとあの時明信は願った。

「うん。やっぱりそういうことで、みんなに必要とされる場所を作ってたんだと思う」

背を押されるようにそれを白状してしまうと、少しだけ、嘘に似た胸の痞《つか》えが癒《い》える。

「なら……」

「だけど、そういう自分に少しうんざりしてた。なんにもできないのに、必要だって言葉が欲しくて」

それならなおのこと酷《ひど》いことを自分はしたのではないかと言おうとした秀を、遮《さえぎ》って明信は首を振った。

「明ちゃん、なんにもできないだなんて」

眉《まゆ》を寄せて秀が、叱《しか》るように明信に詰め寄る。

「自分でずっと、そう思ってたんです」

何か取り繕う言葉は見つからなくて、溜息《ためいき》をついて明信は笑った。

「それは辛《つら》いけど、楽で」

その場所を寝床にしていた狡《ずる》さには呆《あき》れるしかなくて、目線が足元に落ちる。

「でも、秀さんみたいに楽しんではいなかった。幸せっていうのとも、誰かのためっていうのとも違って」

何処か必死だった自分は、明信にはそう遠くはなかった。

「そういうしょうがない執着は今捨てないと、逆にそれで誰かを縛ることになるかもしれないって不安がいつからかあって……。違うかな、きれいごとだ。そんなの」

必要という言葉に自分を縛るように、誰かをその言葉で自分が縛ろうとするのではないかという不安も、本当はあったけれど。

「だから、少しは悩んだけど秀さんに押し付けちゃった。ごめんなさい」

「なら……いいけど」

理解しようと明信を見つめながらぼんやりと答えて、眉を寄せて秀は首を傾《かし》げた。

「いいのかな。全然良くないいな」

「……やっぱり酔っ払いみたいだね、秀さん」

握った手を唇の先にあてて考え込みながら行ったり来たりする秀に、くすりと笑って明信が呟《つぶや》く。

「ひどいよ明ちゃん」

笑われて秀は恨みがましく明信を見たけれど、やがて言葉を探すのをあきらめたように息をついた。

「月並みな言葉だけど、誰も明ちゃんの代わりにはなれないよ」

こんな言葉でしか語れないのかと自分に呆れて、秀が目を伏せる。

「それは明ちゃんがゼッケンをつけられなくても、一緒だよ」

「ゼッケン？」

秀がゼッケンのことを口にしたのに驚いて、明信は膝に頬杖《ほおづえ》をついて問い返した。

「うわ言で言ったって、大河が」

「……そんなうわ言言ったんだ、僕」

言われてみれば熱が上がって来たときに言った気もして、この間見た夢をまた思い返す。

「でも丈《じょう》にはゼッケンなんか必要なかったのに」

できなかったことはいくつもあるのに、どうしてそのことだけ鮮明に覚えているのか不思議にも思えた。

「僕は丈の体操着にゼッケンがつけられなくて泣いた。どうしてもつけてあげたくて」

白い体操着を汚して、自分だけゼッケンがついていないのに何も気にせず遊んでいた丈の顔も、少しも忘れていない。

「そういう自己満足が沢山あった気がする」

「明ちゃん」

咎《とが》めて、秀は明信の肩に触れた。

気持ちを引き留めてくれようとする手が、重くやさしく、明信の顔を上げてくれる。

「大河兄も、丈もまゆたんもきっと、秀さんと同じこと言ってくれるってわかってます。それは疑ってない、少しも。本当だよ」

そういうことではないのだと、首を振って明信は秀に教えた。

「だから……」

「明ちゃんの内側の、問題なんだね」

続けようとして惑った言葉を、秀が拾ってくれる。

「……なんかかっこいいな、そんな風に言われると」

気恥ずかしくも思えて、明信は靴紐を結んだ。

「なんだか愚痴聞かせちゃった、ごめんね秀さん。行って来ます、仕事頑張って」

「明ちゃん」

鞄《かばん》を担いで立ち上がった明信の背を、秀が呼ぶ。

「みんな、君のこと心配してる」

振り返って、明信は笑おうとしたけれどできずに、ただ頷《うなず》いて家を出た。

見送ろうとバースが、小屋から出て明信を見ている。

いつも手を振るだけのバースに歩み寄って屈《かが》むと、明信は温かい頭を抱え込んで両手で撫《な》でた。

言葉にしてしまうと、自分という人間が短く終わる。ぼんやりしていたものが、はっきりと目に飛び込んで来る。

「どうしたのバース、そんなに甘えて」

擦り寄って来るバースに笑って、明信は頬に頬を寄せた。

目に見える、必要という文字が欲しかった。頼り切りにしていた。

けれど秀が現れたことをきっかけに、思い切ってそこから降りてみたのだ。誰かの兄でも誰かの弟でもなくただの自分になって、さあ、何処へ行こうと辺りを見回して自分の手を見つめて。

人の眩《まぶ》しさばかりが光になって差しこむ。自分の手の中にあるものが見えない。

もしかしたら本当に、そこには何もないのかもしれないと、何度も疑って。

――一人で泣くな、明。

耳に戻る声が肩を引くようで、明信はバースの首をよく撫でると立ち上がった。

「もう、行くよ」

後ろ髪を引くような目をするバースに手を振って、腰までしかない門を開ける。

冬の日差しは白く目を射るようで、一瞬暗くなった視界に目を伏せながら明信は往来に出た。


いつも駅に行くときとは違う道を抜けて、商店街を明信《あきのぶ》は抜けた。商店街の人々と挨拶《あいさつ》を交わしながら歩くので、いつもより歩みが進まない。

ここまで歩いてから雨が降り出しそうな空気に気づいて、傘を持ってくれば良かったと明信は溜息をついた。手の上が暗い。

「あれ、明兄ちゃんじゃん」

頭上から不意に声がして顎《あご》を上げると、魚屋の二階で魚屋のドラ息子達也《たつや》がのうのうとベランダに寄りかかっていた。彼が明信を「明兄」と呼ぶのは、末弟真弓《まゆみ》の同級生だからだ。高校も同じと聞いている。

「達坊……学校は？」

その休みっぷりに一瞬日曜なのかと錯覚しかけたが、真弓は定時に家を出たし寝坊した勇太《ゆうた》もさっき学校からだと言って電話してきた。

「んー？　開校記念日」

「達也！」

唐突に、耳をつんざくようなダミ声が店の中から響く。

「てめえふざけんじゃねえぞ！　真弓ちゃんと勇太は行ったたってことだろが!?　まーたサボりやがったのか！」

会話を聞いていた父親が奥から飛び出して来て、往来から二階の窓に怒鳴った。

「年に何回開校記念日があっと思ってんだクソ親父！　騙《だま》される方が悪ぃんだもーろくじじいっ」

身を乗り出して達也は、どうしてなのか父親に舌を出して挑発する。

「ブッ殺すクソガキ!!」

本当に殺してしまいそうな勢いで店主は階段を駆け上がって行き、間もなく大乱闘の音が商店街に響き渡った。

「わざわざ喧嘩《けんか》してるとしか思えない……」

すっかりおとなしくなったはずのかつてのガキ大将は何故か父親にだけ態度が違い、ここを通ると思わず警察に通報したくなるような音や声を人は聞くことになる。だが住人は慣れたもので、ただ溜息をつくだけだ。

「うち最近静かだ」

たまに体力を持て余した丈《じょう》が大河《たいが》か勇太と無法なプロレスをしているが、志麻《しま》がいたころや長男と三男の反抗期のころより余程平和だ。それでも一度だけ、仲裁に警察が来たこともあった。確か丈が「人殺し」と町中に響くような声で姉に叫び、安眠を妨害された近隣の人が懲らしめのために派出所の巡査を呼んで来た。いつもの兄弟喧嘩なのは巡査もわかっていて、玄関に並べられて説教されたのだ。

「あのころは龍《りゅう》ちゃんもよく……」

遠くに連れて行かれたものだったと呟きそうになって、口を噤《つぐ》む。かなり離れたが後ろではまだ、親子喧嘩の大騒音が間近のように聞こえた。

母と姉と暮らしていたせいか、少年だった龍の暴力は外に向いた。何処かに連れられて行っては丸刈りになって帰って来たひところは声もかけられないほど怖かった。もちろんいつまでも暴走族ではいられないものなのだろうが、いつからあんな風に当たりが柔らかくなったのだろう。声がかけられなかった怖さは姿形のせいではなく、何もかもを壊してしまいそうな目の捨て鉢さだった気がする。

——どんなもんでも一旦始めるとやめるタイミングが難しいな。

暴走族をやめなよと言った明信に苦笑した龍は、もう怖くはなかった。

——別に楽しかねんだけどよ、もう。

けれど何か悲しい、寂しい目をしていた。傷ついたように、明信には見えた。

——俺なんかそんなこと考えたら死ぬしかなくなるっつの。

昨日龍が冗談めかしてそう言ったとき、ふと、そんな目を何処かで見たと思ったのを思い出す。

そう言えば部屋に上げて貰って夕飯を一緒に食べたときも、何か、龍は変だった。泣いてしまった自分の高ぶりにいつまでも引きずられてそのときは明信は気に留められなかったけれど、時折、龍は何かに気持ちを引かれるような顔をしていた。

店が開いていなかったという、勇太の電話が酷く気にかかって足が急《せ》く。遠目に看板は目に入ったが、やはりシャッターが開いている様子はない。

代わりに、店の前で見慣れない女が不自然に二階を見上げていた。丁度龍と同じ年回りだろうか、花を買いたいようには見えない。

なんとなく前を通るのが憚《はばか》られて、手前で明信は足を止めた。

しかし彼女の方はすぐに明信に気づき、道を譲るように後ろに下がる。

「……あんた、この辺のひと？」

目の前で戸を叩く訳にもいかず躊躇《ちゅうちょ》していた明信に、遠慮がちに女は声をかけて来た。

「はい……そうですけど」

「あのさ、この花屋やってないの？」

姉ほど乱暴な口調ではないが、話した印象が志麻に似ている。そんなことを思ってはこの人に失礼だろうかと、心の中で明信は謝った。

「いえ、今日はたまたま閉めてるみたいなんですけど。やってますよ」

「そうだよね、そんな感じだもんね」

どう見ても人が住んでいないとは思えない建物を、女が見上げる。

どういう用件なのか少し計り兼ねる横顔だと、見つめて明信は思った。自分が話すより先に相手の言葉を聞いてしまう癖のせいで、人より多少察しのいい人間だという自覚はあったが、この女性が花屋にどんな用があるのかはまるで推測できない。悪い知らせを持っているようにも、良い知らせを持っているようにも見えるのだ。戸を叩こうかどうしようかという迷いだけはよく見えて、どうしましたかとも問えない。

「ここの息子」

窓を見上げたまま、女は少し声を落として口を開いた。

「どうしてる？」

「どうって……」

「結婚とか、してる?」

「いいえ」

　そうまで問われては龍の昔の恋人か何かだと認識するほかなく、首を振る。

「何してるの」

「この店を、やってますけど」

「一人で?　お母さんいたよね」

「あの……」

　そんな込み入った話を聞かれるままに答えていいのかわからなくて、口ごもって明信は鼻の頭を摩《さす》った。

「……もしかして亡くなったの?」

「いえ、まだご健在のはずです」

「はずって?」

「ここには、いらっしゃいません」

「いつから?」

「十年前……もっと前かな。あ、十三年前だ」

　ふっと、ゼッケンをつけて貰った直後に、この花屋が閉まったことを思い出す。

「一時期お店が閉まってて、そのときに多分何処かに移られたんだと思います。僕は後は何も知らないです」

亡くなったことにされてしまい慌てて否定して、言うべきでないかと迷いながら明信は無理に話を終わらせた。

「そう……お母さん出てっちゃったの」

何故だか唇を嚙《か》み締めて、女が俯《うつむ》く。しばらく足元を眺めてから彼女は、明信を放っていたことに気づいて顔を上げた。

「変なこと聞いてごめん。ありがと」

済まなさそうに言って、頭を下げ女が駆けて行く。それでも角を曲がるときに彼女は未練げに、花屋の二階を振り返った。

母親の方の知り合いなのだろうと思えないこともなかったが、それにしては年が若すぎる。

「何聞かれてたの、三番目」

ちらちらとそれを気にしていた斜め向かいの寿司屋の女将《おかみ》が、小声で明信に話しかけた。

「別に……今日休みなのかって」

「龍の昔のコレじゃないの？」

昼支度の途中だろうに女将は、声を潜めて明信に詰め寄る。その口調に興味以上の心配のようなものを感じ取って、無下にもできず明信は惑った。

「なんだか心配だね。どんな悪さしたんだか」

龍を責めているのか女を危ぶんでいるのかわからない言いようだが、女将の目は不安げに彼女の消えた町角を眺めている。

「ああ、ごめんごめんおかしなこと言って。ホラ、龍も随分やんちゃな真似したから。若いころはお母ちゃんえらく泣かせて、とうとうもうここにいられないって出てっちまうし」

自分の子供より下は皆一くくりの世代なのか、明信も知っていると思い込んでいるように女将は語った。

「そりゃ君江《きみえ》さんが出てった時は……あたしらも随分叱ってさ。畳んだ店一人で始めたときは、商工会にも入れてやんなかったし。どうせあのどうしようもないガキのことだから、すぐ駄目に商売しちまうだろうって。手も貸さないで」

君江というのは母親の名なのか、声に随分懇意にしていたのだろう情が籠《こ》もる。

「でももう、十年以上だよ。祭りのときも、よく子供たちの面倒もみてさ。青年団長になって、一生懸命」

去って行った女に向かって擁護するように、女将の声が上がった。

「もう誰も、昔のことなんて。ねえ」

同意を求められて、曖昧《あいまい》に、明信は頷いた。よくは知らないことだ。母親がいなくなった理由をはっきりと聞かされて、多少驚きもある。子供だったし、そのころは何もかも慌ただしいばかりで、花屋が閉まっていたことも本当はあまりはっきりした記憶ではない。

消えた女が過去の揉《も》め事を連れて来たと思うのか、首を振りながら女将は花屋を見た。

「充分、返したよあの子は。……あら、どうしたんだろうね。定休日でもないのに昼になっても閉まってるなんて」

溜息をついて女将が、改めて開く気配のないシャッターに気づく。

「こんなことなかったのに。風邪でもひいてるんだか」

「僕ちょっと」

風邪という言葉に、いつも元気そうな龍だけれどそんな可能性もあるかと気づいて、爪先が急いて明信は女将の話を切った。

「様子見て来ます」

「そうしてやってよ。死んでると大変だから」

真顔でそんなことを言って女将は、中から呼ばれて怒鳴りながら店に帰って行く。

取り敢《あ》えず明信はシャッターを軽く叩いて見たが、反応はなかった。このまま表で叩き続けるのも店の体裁が悪いかと気遣い、裏口に回る。

裏口の横では飼い犬のポチが、人恋しげにうろうろしていた。

「……ポチ。もしかして今日朝の散歩に行ってないの？」

外の水道で水を足してやりながら、答えるはずもないのに問いかける。

「エサも空だ。……龍ちゃん。龍ちゃん！」

どんどん不安になって、戸を拳《こぶし》で明信は叩いた。何度も叩くうちに、人の気配が近づいてくる音が聞こえる。

ギイ、と、音を立てて古いドアが外側に開いた。今起きて来たような風情の、随分不機嫌そうな龍が頭を掻《か》きながら眉を寄せている。

「……ああ、どうした明」

「どうしたって……風邪でもひいたの？」

昨夜少し様子がおかしかったとさっき思ったのは間違いではなかったのかと、自分にばかり付き合わせてしまったようで明信は俄《にわか》に済まなくなった。

「ちょっと寝付かれなくてな。寝酒飲んでたら朝になっちまって」

もう昼だな、と不機嫌そうに呟きながら、戸の内側からポチのエサを取って龍が皿に注ぐ。

「昼になっても店閉まってるなんてって、寿司屋の女将さん心配してたよ。金谷《かなや》さんは？」

パートの年輩の女性を最近あまり見かけていないことに気づいて、龍の態度に少し所在なくなりながら明信は尋ねた。

「んー？　なんかじいちゃんが具合悪ぃんだとよ、ここんとこの寒さで」

「そうなんだ」

ポチの頭を撫でている龍を見つめながら明信が、さっきの女のことを言うべきかどうか迷う。

「まあ来たんなら上がれや」

ボサボサの髪を手櫛《てぐし》で梳《す》きながら、龍はまた戸の中に戻った。

お邪魔しますと呟いて、後をついて明信も上がる。言われた通り、締め切った部屋が少々酒臭い。

「……寝酒って量じゃなかったんじゃないの？」

「たいして飲んじゃいねえよ」

言いながら龍は洗面所で顔を洗い始めて、明信は溜息をついて窓を開けた。換気して、酒瓶やコップを片付ける。台所にそれを運んで、この間から気になっていた大量の酒瓶の隅に明信は新しい空瓶を置いた。

「いつも、一人でこんなに飲むの？」

「一日や二日で飲んだ訳じゃねえぞ」

「だけど……」

また女みたいなことを言うなと言われるかと思ったが、よく見ると奥の瓶もたいして埃《ほこり》は被《かぶ》っていない。

「食事だって、あんまりまともなもの食べてないのに」

「おまえそりゃ弁当屋に失礼だぞ」

「茶化さないでよ」

歯ブラシを銜《くわ》えながら笑った龍に、口を尖《とが》らせて明信は湯を沸かした。

「お米あるなら、お粥《かゆ》でも炊こうか」

「いいって。なら茶ー入れてくれ、茶」

口を漱《すす》ぎながら龍が、茶葉の入った缶を指す。

仕方なく明信は、堅い缶を開けて急須に葉を入れた。

「……ったく、頭いてーな」

まだ酒が醒め切らないのか、顳顬《こめかみ》を揉んだりしながら龍がテレビの前に座る。丁度正午のニュースが始まって、飯台に頬杖をついて龍はそれを眺めていた。

酒のせいなのか、自分が帰った後に何かあったのか、いつもと様子が違う訳を聞こうと思ったけれど言葉が見つからず明信が肩で息をつく。

——ここの息子どうしてる？

さっきの女が何か龍の気鬱《きうつ》とかかわりがあるのだろうかと、余計に口も重くなった。

「明」

セブンスターをガサガサと言わせながら、ふと、テレビの方を向いたまま龍は明信を呼んだ。

「どうした。なんかあったのか」

逆に自分の方が問われてしまって、何処か縋《すが》るような気持ちでここに来たことを明信が思い出す。

「僕は」

けれど何か荒れた様子の龍を見たらそんなことも言えなくなって、寧《むし》ろ彼の寝付けなかった理由を先に明信は聞きたかった。

「勇太くんが、閉まってるからって電話くれて。寄ってみてくれって」

煙草《たばこ》に火をつけた龍の前に、昔の彼の怖さを少しだけ思い出しながら茶を置く。

「……なんだか、気になって」

「あいつもいちいちうるせーな。店ぐらいたまには休ませろっつうの、ったくよ」

煙を吐いて龍は、利き腕と逆の手で湯飲みを取った。

よく見ると、飯台に投げ出した右手の甲が酷い痣《あざ》になっている。

「これ、昨日の喧嘩のせい？　もしかして」

痛々しい痕《あと》に、慌てて明信は両手でその手を取った。

「……っ」

「ごめん、痛かった？　どうしよう湿布しないと」

顔を顰《しか》めて龍が右手を手前に引くのに、昨日目に留められなかった余裕のなさを悔やんで明信はうろたえた。

「いいって、そんな大袈裟《おおげさ》なもんじゃねえよ」

「でも冷やした方がいいよ、まだ少し赤みあるし。救急箱ない？」

「薬屋が箱ごと置いてってたのが、押し入れにあるけど」

「開けるよ」

勝手に押し入れを開けると、どう見ても使われていない置き薬の箱が確かにある。中の薬もいちいちいつのものか怪しかったが、仕方なくそこから使えそうな包帯と湿布を明信は取り出した。

「ったく、おまえも世話焼きだな」

「癖みたいなもんだから」

苦笑して明信は、あきらめて龍が放り出した右手を看た。

よく見ると幼いころにも見た火傷《やけど》の痕が、まだ消えずに残っている。あの風鈴の音の中で眺めた時より、何故だか痛々しく見えた。酷い無茶をした手だ。

明信の目に気づいて、龍は煙草の煙を吐きながら笑った。

「……一つは自分で煙草の火押し付けた跡だ。馬鹿みてえだろ」

昨日と同じに、冗談のように笑おうとしながら、痛む顳顬を押さえるように龍が頬杖をつく。

無造作に伸びた髪が下りて、目を隠した。

「俺はおまえみたいに、自分のことなんか考え出したら死ぬしかねえよ。ホントに」

無理な笑みは、すぐに何処かに失せてしまう。それを龍は捕まえようとしたけれど、できずに目は伏せられたままだ。

「……昔のこと？」

沢山の古傷を隠すように大きく湿布を貼《は》って、包帯でそっと明信がそれを包む。

「考えねえようにしてても」

隠されていく傷を追って、龍は首を傾けて手を眺めた。

「消えねえな。何かの弾みでふっと、浮き上がるみたいに思い出すことがいくつもある」

どんなことを龍が言っているのかぼんやりと明信も知らない訳はなく、同じ手の上に目線を落とす。

「さっき、寿司屋の女将さんが……言ってたよ。でも龍ちゃんは、もう充分返したって」

「返し切れるようなもんかよ」

なけなしの言葉を渡した明信に、龍が首を振った。

「昨日な、あの学生の真横に叩きつけただろ。ポール。殴った感触が、やけにリアルに残って」

中途半端に包帯を巻いた手を丸めて、また笑おうとした龍の口の端が歪《ゆが》む。

「ああいうもんでよ」

笑うのも、気持ちを引く過去に抵抗するのもあきらめて、長く、深い息を龍は飯台に落とした。

「力任せに殴った奴が死にかけたことがあったな」

告白した口元が強ばって、指先がそれを隠すように眉間《みけん》を解《ほぐ》す。

「なんで……そんなこと?」

しょうがないこと、昔のことだとは言ってもやれず、どうしたらいいのかわからないまま明信は尋ねた。

「おっかなかったんだよ」

自らを蔑《さげす》んで、龍の口の端が上がる。

「喧嘩してても、いっつも自分が殺されるような気がしてな。おっかなくて、目茶苦茶に鉄パイプ振り回して」

しまおうとしてもしまえない少年のころを言葉にして整理しようというのか、自分自身に聞かせるようにゆっくりと龍は言った。

「五体満足でてめえだけ生きてんのが不思議だよ。友達も何人も死んだ」

「……本当に？」

驚きを隠すことは難しく、眉を寄せて龍を見てしまう。龍の友人なら、長女の友人でもあるはずだ。そしてまたその境界線の上に、姉も、龍もいたということになる。

「そりゃあな、十五、六でアクセル全開に吹かして前も見ねえで走りゃ人も死ぬさ。……なんだったんだろうな、あれは。毎日熱に浮かされてるみてえだった」

遠い、取り返しのつかない時間を見つめて、はらりと龍の髪が流れた。

「怪我《けが》も喧嘩も、葬式も妊娠も中絶も、みんなどっか楽しんでたな。自分の臆病さを隠すのに必死だったんだ」

落とされた言葉に、息を飲んで明信が龍の見ている先を追う。

「最低だろ」

「……だけど龍ちゃん、今は」

不意に、振り返られてなんと言ってやったらいいのかわからずに、明信はただ首を振った。

「消えねえよ、やっちまったことは。この疵《きず》と一緒だ」

緩んだ包帯を引いて、もう肌の一部に溶けた火傷を龍が晒《さら》す。

「どうして……急に。昨日の喧嘩のせいでそんなに？」

酒を飲んで朝になったのが急激に落とした気持ちを引き上げるためなら、助けてもらった自分のせいだと明信は眉を寄せた。

「バカ、思い出すきっかけなんてそこら中に転がってる。自分の手の上にだってこうやってよ」

そんな明信に気づいて苦笑しながら、龍が微かに浮いた疵を擦《さす》る。

「疵以外なんにも残ってねえなあ……意気がって騒いで、傷つけるだけ人傷つけて」

十年、いやもっと長い時間が龍がそうすることをやめてから経《た》っているはずなのに、何も龍の中で終わっていないことを明信は知った。

「きっと俺が誰かにつけたその疵も律義に残ってんだろ、何処かで」

終わるどころか疵は、きっとそのころよりも龍を酷く焼いている。

「必死になって自分がどんな人間か忘れようとしても、忘れられるもんじゃねえな……」

言ってから昨日の会話を思い出したように、前髪を落としたまま龍は顔を上げた。

「明」

見ていられないような目で、龍が明信を捕らえる。

「おまえはもっと、きれいなまんまの自分かわいがってやれ。な？　見てみろよ俺を。俺の百倍は上等だ、おまえは」

一概に自嘲《じちょう》だけとも受け取れない真剣な声に、明信は言葉が出ない自分がやり切れず唇を強く嚙み締めた。

流れ込んでくるものが、痛い。

指が、その疵に触れずにはおれず呼ばれるように伸びて行く。

「……本当だ」

少し震えて、明信は龍の髪に触れた。

「ついって、こんな感じなんだ」

掌《てのひら》が龍の頰に触れて、一度もそんなことをしたことのない両腕が、ぎこちなく龍を抱こうとする。

——一人で泣くな、明。

あの雨の晩囁《ささや》かれたのだろう声が、はっきりと耳に返る。他に慰め方を知らない手が、どんな風に自分を抱いたか思い出す。

泣いている心を、そうする他なくて。

「そんな……上等なもんじゃねえ。俺はおまえにそんな風に触ってやってねえよ」

やさしさを施されることを拒んで、龍が強く明信の腕を引く。

勢い畳に倒れた明信の両腕を押さえ付けて、暴力のように、龍は肌に乗った。

「ほら、違うだろ？」

「龍ちゃん……わざとだ」

傷つこうとしている龍の目が自分を覗き込むのに、もう怯《おび》えは、明信に訪れない。

「昨日言い損ねたんだけど」

ふっと手首を摑《つか》む手が緩むのに、腕を伸ばして明信は龍の首に触れた。

「龍ちゃんがゼッケンつけてくれたとき、すごく嬉しかったんだ。龍ちゃん、やさしかった」

拙《つたな》い腕で、それでも離れている冷たい肌をそっと明信が胸に抱き寄せる。

外は充分に明るい。情に流されるのは、夜のせいではないのだ。

ただ肌を重ね合って互いの目も見ないまま、いつの間にか降り始めた冬の雨の音を二人は聞いた。鼓動は、ゆっくりと打って雨音に吸い込まれて行く。

「……なんか、話してえことがあったんじゃねえのか」

「ううん」

肩のところで言った龍に、明信は静かに首を振った。

「龍ちゃんに、会いたかっただけだから」

重みに胸が潰《つぶ》れそうになって、声が掠《かす》れる。

不意に、龍の両腕がきつく明信の背を抱いた。

「……ガキみてえに、あったけえな。おまえ」

肩を浮かせて、髪を抱いて龍は唇を唇に合わせる。

昨日の触れるだけの口づけとはまるで違う深い交わりに、息も継げず明信はただ龍の肩にしがみついた。

施されるものが熱く、痛くて、けれど手放せずに受け止めようと足掻《あが》く。感情に追いつけない幼さが泣いて、涙が滲《にじ》んだ。

涙に気づいて、龍は口づけを解いた。

「……違う、龍ちゃん。僕……」

平気だと言おうとして、声が震える。

瞼《まぶた》に、壊れ物のようにそっと龍は指を伸ばした。

「どうしょうもねえだろ、俺。おまえにはあんな、えらそうなこと言ってよ」

額に額を寄せて、辛そうな息を、龍が漏らす。

「もう、来ねえ方がいいな」

明信の髪を撫でて、小さく龍は言った。

眉を寄せて顔を上げた明信に、龍が笑って見せる。

「大丈夫だ、おまえは強いよ」

呪《まじな》いのように囁いて、髪を抱いていた手を龍は放した。


「いやな感じだ……なんだか知らねえけど」

必死にワープロを睨《にら》んでいる秀《しゅう》の部屋でぼんやりと一人腕枕で横たわりながら、大河《たいが》は空を見て呟いた。

「な、何が⁉」

瞬時にうろたえて秀が、跳び退らんばかりに大河を振り返る。

「ファックスはね、言われた通り一度入れたんだよ言っとくけど。でも入らなかったんだよ、三十分も入れ続けたんだけど」

聞かれてもいないのに必死に言い訳して、子供に追い詰められた猫のように秀は毛を逆立てた。

「ああ、なんか誰か引っかけたらしくて電源抜けてた時間あったらしいな。できてるとこまで

った。

藪《やぶ》をつついたことにいまさら気づいて、秀はきれいな眉間に皺《しわ》を寄せて部屋の角まで後ずさ
のっそりと起き上がって大河が、ボロボロの風情の秀に手を差し出す。

送れっつっといて、悪かったよ。んじゃその送ろうとしたもの、出せ」

「出せよ、送ろうとしたんだろ?」

「したよ。これ」

唇を噛んで口惜しげに、机の上からうすっぺらい紙を秀が取る。

渡されて大河がそこにある大きな文字を読むと、「まだ何も送れるようなものはありません。

阿蘇芳《あすおう》」と、またご丁寧に達筆な字で書かれていた。

「……おまえは、これを送るために三十分ファックスに張り付いてたのか」

全身から殺意にも似た憎悪の気を立ちのぼらせて、大河が前髪の合間から秀を睨む。

その殺気に負けて、目を逸らして秀は机に顔を伏せた。

「僕……もう一緒に暮らすのやめたい」

「な、何言い出すんだよいきなり」

締め切りのたびに色々揉めはするが初めて聞く弱音に、さすがに大河も驚く。

「だって毎晩こうやって部屋にいられたら、なんにもウソつけないじゃない! ワープロが壊れたとか落雷で停電したとか、具合悪いとか勇太《ゆうた》が熱出したとか!!」

「……全部嘘だったっつうんじゃねえだろうな、京都《きょうと》にいたときの言い訳」

まさかそこまでとは思いたくなく、目を剝《む》いて大河は秀の肩を揺すった。

「信じてた訳じゃないでしょう⁉　よく壊れるワープロだなとかこっちは晴天だとか、すごい厭味《いやみ》言ってたくせに！」

キッ、と顔を上げて秀が、締め切り前にだけ連発する癇癪《かんしゃく》を起こす。

「そういえば同居人とやらは、話に聞いてたのと違って随分丈夫だったな」

「……胸が痛んだんだ、これでも。勇太を病気にしたときは。言霊《ことだま》様が来て本当になったらどうしようと思って」

「それでも病気にした訳か」

「一回は本当だよ、入院しちゃったことあったもん」

「おまえよ、そこまで居直られると俺ももうどうしたらいいかわかんねえぞ」

もうお話にならないと溜息をついて、やれやれと大河はまたその場に腕枕で横になった。

「俺、最近おまえの原稿上がる白昼夢見るぞ」

疲れ切った声を漏らされて、秀も俄に罪悪感でいっぱいになる。

「ごめん。だってすごくやな感じとか言うからつい」

肩を揺すって、しおらしい声を秀は聞かせた。

その台詞《せりふ》に戻られて、大河がますます深い溜息を落とす。

「やな感じだっつったのはおまえの原稿のことじゃねえよ」

顔を顰めて、大河は伸びをして仰向けになった。

「な−んかよ、やな感じすんだよ」

天井を眺めて、今日の夕飯のときの明信《あきのぶ》の様を、目に映す。

「明信の様子がちっともよくなんねえっつうか」

誰の目にも気鬱なままの明信に皆かける言葉がなくて、今日の夕飯などは通夜に近い有り様だった。

やはりこの間の喧嘩が原因なのかとも思ったが段々と大河は、明信の気鬱の理由はもっとずっと、やり切れないような昔からあった気がしていた。

——手、握って。

縋りついて来た手は、ずっと自分自身にそうしないことを強いて来たように、ぎこちなく必死だった。

「こないだあいつにちょっと届け物して貰ったんだけどな、なんか」

三人の弟に平等に目を配ったとは、大河はとても言えない。何処か明信には、真弓《まゆみ》とは違う意味で特別に接していた。

特別な信頼と、少しの不安をもって。

「兄弟なんてよ、いざとなると何考えてんだかわかんねえもんだな。あいつが思い詰めてることぐれえ見てりゃわかるけど」

明信には少し、大河にはわからない陰りのようなものがあって、それがいつも目について気にかかった。

「何がつれえんだか、あいつ」

すぐ下の弟は、笑ったまま自分をしまいこむことがある。何かが辛いのだろう、何かが不安なのだろうとそのたびにそれはわかったけれど、踏み込むことは難しかった。

「うん」

大河の肩に寄りかかるように足を投げ出して、意味のわからない頷きを秀が落とす。

「うんってなんだよ、うんって」

「なんか、大河の言うことがよくわかって。だから、うん」

何処が痛いのか想像してやれない辛さを抱え込む大河を、秀はよく知っていた。だからぼんやりと自分にはわかっているような気がする明信のことを、話してやろうかどうしようかと迷う。

——それは疑ってない、少しも。本当だよ。

けれど誰かに解いてもらうことではないと、秀は明信に言われていた。

「……なんかとんでもねえ女にはまったりしてんじゃねえだろうな」

考え込む秀を置き去りにして、大河は一人で何処までも妄想する。

「思いもかけない想像だね、それは」

どうやってその妄想を止めたらいいのかわからず、呆然《ぼうぜん》と秀は大河を見下ろした。

「あいつやらかしそうな気もすんだよな。十も年上の子持ちのバツイチとか」

「どうしてそんな具体的な想像なの。わかる気もするけど」

大河の想像がなんとなく見えて、立てた膝に頬杖をついて秀が肩を竦める。

「だけど、もしそんなことになっても俺は」

寒そうな秀の踝《くるぶし》を眺めて、何処か頼りない声を大河は聞かせた。

「明信の決めたことならなんでもうんって言ってやるって……決めてんだよ」

「よくもそんな白々しいことを」

弱々しさを解してやらず、瞬時に秀が呆れ返る。

「なんでだよ！」

「こないだの喧嘩、もう忘れたの？」

肩を浮かせて起き上がった大河に、首を傾げて秀は尋ねた。

「あれは……っ」

勢い声を荒らげようとして、口を尖らせて大河が片胡座《かたあぐら》をかく。

「明信が行きてえのに無理してんだと思ったんだよ！　それに絶対行った方が明信のためだと思ったんだ俺はっ」

「わかってるけど、それの何処が『うん』なんだか。すごいよ兄の独善って……」

感心というよりはやはり呆れている秀にもはや返す言葉がなく、自分を隠すように右手で大河は後ろ首を揉んだ。

「なんだよ、そういうこと言うのかよ」

「うそうそ、ごめん。でもたまには厳しく叱らないとと思って」

拗《す》ねて臍《へそ》を曲げた大河に、冗談めかした口調で秀が言う。

「まあ、な。干渉しちまうんだけどよ、結局」

それでも明信の決断には下の二人に比べて随分頷いて来た方だと、節目節目を大河は思った。

「そんでも、たとえばあいつが結婚してえとかっつって女連れて来たらよ。それが俺からしたらどんなもんでも」

何故悪い想像しかできないのかはよくわからなかったが、最悪のシミュレーションをしながら高ぶりを吐く。

「あいつが絶対だっつったら、それは絶対なんだよ。そういう奴なんだ明信は」

背を丸めた大河を後ろから見つめて、溜息のように苦笑しながら秀はその肩に顳顬で寄りかかった。

「それは……確かに明ちゃんは信頼できるよ。僕だって信用してる。けど」

やはり黙っていることは難しく、言葉を探して秀が口を開く。

「明ちゃんはそういう自分を、少しだけ持て余してるように見える」

少し当てのないような気持ちになりながら、秀は昼間の明信を瞼に映し返した。

「多分明ちゃんは人より……」

もしかしたら大河もそのことはよく知っているのかもしれないけれど、明信が必死にしまいこもうとしているそれを言葉にするのは秀には辛い。

「自分に自信が持てない子で」

呟いて秀は、大河の肩が微かに揺らぐのを感じた。目を伏せてもっと深く、その肩に秀が寄り添う。

「でも誰かを否定することで自分を肯定したりは、しないんだ。そういうことができない」

ぼんやりとした言葉で明信を語った秀を、肩で触れたまま大河が振り返る。

「自分がなり得ないものを知ったときに、羨《うらや》ましいと思ってもそれを否定したりすることってない？」

目を覗き込むように秀も大河を見て、問いかけた。

「あんなことはばかみたい、欲しくない。なりたくないとか、そんな風に」

「ああ……あるけど」

似合わない口元で秀がそれを言うのが不思議で、躊躇《ためら》いながら大河が頷く。

「明ちゃんは多分、しないんじゃないかな。でもそうやって人を否定しない明ちゃんは」

言いながら、時折こうして言葉に全《すべ》てを納めようとするのは自分の悪い職業病だと、秀は気づいた。それも随分と説明の足りない。

「何かを認めるたびに、自分を否定しちゃうのかもしれない」

声にしてしまうと酷く明信が危うげに思えて来て、秀も大河も黙り込んで寄りかかり合った。

「……同じ兄弟とも思えんな」

自分と姉と下二人はどちらかというと、というかかなりの自己肯定派だと思うと、その真ん中に挟まれた明信のことが大河にはますます不安になる。

「僕はそういう明ちゃんが好きだけど、明ちゃん自身は辛いことが多いんだろうな……」

在《あ》り来《きた》りな言葉しかかけられなかった自分を悔やんで、秀は独りごちた。

「そうやってあいつが参っちまったら、ちゃんと俺に泣きついてくんのかな」

熱に浮かされていた弟の手を、慌てずにちゃんと両手で摑んでやれば良かったと、伸ばされた指を大河が思う。

「いや、別に家ん中じゃなくても、そういう相手がいりゃいいけど」

だいたい家の中に人が多すぎるので、兄弟たちは皆あまり友人を家に連れて来るということをしない。だから外にあるのかもしれない明信の寄る辺を想像することは難しかったけれど、ふとこの間見舞いに来た幼なじみの顔が大河の目の前に浮かんだ。

「なんだそりゃ……」

眉を寄せながら最初に覚えず呟いた「嫌な感じ」が大きく膨れ上がって、何故そんなことを思うのかわからず打ち消す。

「どうしたの」

「どうもしねえ。おい、いつまで寄っかかってんだよ。ワープロ！」

ほとんど八つ当たりで大河は、いつの間にか背に寄り添っていた秀を肘で弾いた。

「それじゃ現場監督だよ」

何やら当たられたことはわかってふて腐れながらも秀が、素直に引いてやって机に戻る。どうせ当たられてやるくらいのことしかできないが、そのうえ原稿を進めるまではできない秀であった。

「ところで」

動かない手元を、机に頰杖をついて眺めながら少し引っかかったことを聞こうとして大河が口を開く。

「おまえにもあんのか？　自分を肯定するために他人を否定するなんて、そんな一人前の感情が」

やはりどう考えても秀にもそういうことがあるとは想像がつかず、思わず大河は尋ねた。

最近忘れがちな顔立ちの冷たさを俄に思い出させる目で、手を静止させたまま秀が大河をちらと振り返る。

「締め切り前は僕の胸にも黒くどろどろと渦巻くものがあるよ。言っとくけど」

フッ、と唇の端を上げて秀は、笑顔ともなんとも言い難い表情を大河に見せた。

何をしているのかわからないような日々が数日続いて、部屋の窓際に置いてある机に頬杖《ほおづえ》をついて明信《あきのぶ》は本を捲《めく》った。そろそろこの本を読んでレポートを作らなければならないのだが、随分長いこと同じページを見ているだけで読み進まない。もう来ない方がいいと龍《りゆう》に言われた日から、一頁も。

抱きしめられた腕も、口づけられた唇も、まだ熱を持ったまま痛い。両腕で抱こうとして、できずに腕の透き間から零《こぼ》れて行った龍の癒《い》えない痛みを、文字の上を滑る目が探している。けれどもう一度それを見つけてどうするのかと、見窄《みすぼ》らしいものを見るように、目が掌《てのひら》の中を見つめた。

「なんや、あっちでもこっちでも辛気《しんき》くさいのう」

溜息《ためいき》を咎《とが》めるように、不意に、背から勇太《ゆうた》に声を投げられる。

気配をまるで感じなかったのに驚いて振り返ると、丁度バイトから帰って来たところなのか上着を羽織ったままの勇太が戸口にいた。

「恋煩いか?」

「……そんなんじゃないよ」

揶揄《からか》うように言った勇太に、目を伏せて明信が苦笑する。

「丈《じよう》はおらんの、今日」

反応の薄さに茶化したことを悔いて、勇太が頭を掻《か》きながら部屋に入った。

「ジムの先輩のとこに泊まるって」

そんなことは終《つい》ぞないことで、戸惑いながらも明信が答える。

もちろん勇太の方も明信が惑うことはわかっているのだろうが、説明はせずに畳に胡座《あぐら》をかいた。

「うちのバイト先の花屋のおっちゃんも、めっちゃ辛気くさいで。最近」

体を支えるように後ろに掌をついて、組んだ爪先《つまさき》をうろうろさせながら勇太が口を切る。

「おまえ、なんや関係あるんちゃうの」

「そんなこと」

そうとは思えなくて、即座に明信は首を振った。

「まあ、それも言い過ぎか。おまえのせいやていうのも」

強く否定するつもりはないのか、勇太が謝罪のように肩をしゃくる。

それでもまだ話は終わらずに、勇太は腰を上げようとせず窓の方を向いた。

「まゆたんは?」

「風呂入っとる。おまえはもう入ったん?」

「うん」

「ほんなら次は俺やな」

あまりにも他愛のない会話をして明信が、何か勇太が話そうとしていることを待つ。

「……あんな」

言葉を待っているその間を悟って、観念して勇太は口を開いた。

「あそこでバイト始めて……どんくらいやろ、一年にはまだなっとらんかな」

もっと実入りのいいところで働こうと思っていたのに大河《たいが》に無理やり引きずっていかれ、そのうえ最初からおもしろ半分にこき使われたので勇太の龍への印象はとてもいいものではない。

「はじめはただの陽気でタラシで軽薄なあんちゃんやて思っとったんやけど、龍のこと」

しかし思えば随分反発を覚えたのはいわゆる近親憎悪というものであったことは、今となっては勇太には否めなかった。

「よう見てると女は玄人《くろうと》にしか手え出さへんし。人付き合いも熱心やけど、悪いけど空元気ちゃうかて思えてまうときもあるし」

玄人と言うより、傷つきにくい種類の人間と好んで龍は付き合っているように見える。目に見えないものは求めない、そういう相手だ。

それは何処《どこ》か龍にそぐわなく見えて、勇太は前から心の端に引っかかるものを感じていた。

「それに時々……なんや今みたいになんねん」

「今みたい？」

「露骨に暗い訳やないんやけど、ちょっとぼっとするとすぐなんかに捕まるみたいな」

うまくは説明できず、ふとした透き間に気持ちを引きずられる龍の横顔を勇太が思い返す。

「なんや俺最近ようわかるんや、そういうん」

それは多分、捨ててしまおうとした捨て鉢な時間にどうしても袖《そで》を引かれる自分と同じようなものなのだろうと勇太は思ったが、多くは語らなかった。

「まあおんなしかどうかは知らんけど」

実際何を思っているのかは、龍自身にしかわからないことでもある。

問い返しが投げられないのに、勇太は窓から明信へ目を移した。それ以上を求めない明信の表情に、勇太が苦笑する。

「……そういうんがどういうもんなんか、めんどい説明させたりせんのがおまえのええとこやな」

「全然、わからない訳じゃないから。勇太くんの言ってること」

そうではないと、首を振って明信は勇太には思いがけないだろうことを言った。

最後に会った龍の、負い切れない過去に腕を摑《つか》まれる目は、明信の胸に刻まれて一時も離れて行かない。

「けどわかってるんやったら」

眉《まゆ》を寄せて勇太は、少しだけ苛立《いらだ》ったように明信を見た。

「ここでぼうっとそのこと考えとっても、始まらんもんもあるんちゃうの」

けれど言ってしまってから分が過ぎたと悔やんで、腰を上げようと勇太が膝《ひざ》を立てる。

心臓を摑まれたような気持ちになって、息を飲んで明信は勇太を見上げた。

「……なんや、えらいえらそなこと言うてしもた。済まん」

「待……」

行こうとした勇太を明信は呼び止めようとしたけれど、風呂から上がった真弓《まゆみ》が階段を駆けて来る音が聞こえて口を噤《つぐ》む。

「あ、浮気してる」

まだ明信の部屋から出ていない勇太を見つけて、大きなバスタオルで髪を拭《ぬぐ》いながら真弓は言った。

「あほか」

「駄目だよ明《あき》ちゃん。明ちゃんでもあげないよ」

呆《あき》れて相手にしない勇太の腕に絡んで、真弓が口を尖《とが》らせる。

あげると言われても困ると言う訳にもいかず、曖昧《あいまい》に笑って明信は手を振った。

「おやすみ」

「おやすみなさい。……あ」

部屋を出て行く二人に声をかけた明信を、ふっと、真弓が振り返る。

「なに?」

自分に用があるように見えた真弓に、首を傾けて明信は聞いた。

「ううん、なんでもない」

なんでもないと言いながら酷《ひど》く真弓は物言いたげだったけれど、笑って部屋を離れて行く。

惑い顔で真弓は、何を言おうとしたのか。呼び止めて勇太に、自分は何を言い訳するつもりだったのか。

——ここでぼうっとそのこと考えとっても、始まらんもんもあるんちゃうの。

けれど立ち上がったところでと、どうしようもない言葉が喉《のど》に上がる。

不意に、静かになった部屋に取り残されて、明信の耳に微《かす》かな雨の音が聞こえた気がした。

短い間隔で降る冬の雨なのか、音は惑いに似て夢の中で聞くように遠い。

冷たくはないだろうか、寒くはないだろうか。

——ガキみてえに、あったけえな。おまえ。

似合わない頼りない声で、肌に縋《すが》った幼なじみは。

本を開いたまま明信は、立ち上がり上着も羽織らず玄関へ降りた。遠くの寒さが気にかかって、冷えた自分の指には気がつかない。

「……どうしたんだよ、こんな時間に」

気配に気づいて大河が、秀《しゅう》の部屋から廊下に顔を出した。踵《かかと》を潰《つぶ》して靴を履いている明信に驚いて、目を丸くする。

「ちょっと、自販機に」

訳もなく夜外に出たりもしないのでろくな言い訳も思いつかず、もうドアノブを摑みながら明信は大河を振り返った。

「そんな格好で、風邪ひくぞ。ホラ」

顔を顰《しか》めて大河が、サンダルを足場にして着ていた上着を明信に無理やり着せる。

「……ありがと、大河兄」

羽織らされたものの温かさに目を伏せて、嘘《うそ》を済まなく思いながら明信は往来に出た。

こういう時間に出て行かない次男を、不思議そうにバースが見送る。

空を見上げると雨は気配もなく、乾いた夜空は冷たく晴れ渡っていた。冷えているようなあの肌が、雨音の空耳を聞かせたのか。

当てもない気持ちのまま、それでも寒い方へと歩きだす。まだ深夜というほど遅い時間でもないのに、商店街は人気なく開いている店もなかった。

なのに二階の奥の台所の明かりが微かに漏れている花屋に近づくと、街灯の下に人影が揺れる。夜目のきかない明信にも、少し近づくとそれがこの間の女であることはすぐにわかった。

——なんだか心配だね。どんな悪さしたんだか。

寿司屋の女将《おかみ》の言葉が、明信の耳に返る。

——きっと俺が誰かにつけたその疵《きず》も律義に残ってんだろ、何処かで。

身を切るような龍の声を誰彼かまわず聞かせられたらいいのにと思いながら、明信は唇を嚙《か》んだ。一目で、女の横顔に癒えない疵を見つけるのは難しい。明らかに窓を見つめる目は、何が言いたくてそこを見るのか。

「……あの」

ふっと、戸に歩み寄ったように見えた女に、明信は声をかけてしまった。

「龍……さんに、用事ですか」

「あんたこないだの……？」

少し自信が無さそうに女が、色の抜けた髪を耳にかけて明信を振り返る。

「こないだ、聞かれたことですけど」

どんな勝手を自分がしようとしているのかと訝《いぶか》りながら、唇が勝手に言葉を紡ぐのを明信は止めることができなかった。

「龍ちゃん、どうしてるかって」

問うような目をした女に明信が、尋ねられたことをもう一度口にする。

「昔のこととか、悪いことしたこと、まだ今も少しも忘れないでいます。本当に悔やんで、龍ちゃん」

それがどのくらいの後悔か伝えたいのに、いざ言葉にすると月並みな言い方しか思いつかず明信は焦れた。

「全然、幸せじゃないです。お母さんも出てっちゃって、一人で」

突然そんな話を始めた明信を、ただ驚いたように女は見ている。

「……許せないこと、あるのかもしれないけど……お願いだから」

もう許してあげてくださいと、懇願しようとして、明信はきつく唇を噛んだ。

どんな偽善だろうと、自分で呆れる。ただもうこれ以上、龍を傷つけたくないだけだ。けれど龍がかつてこの女にどんなことをしたのか、何を知っている訳でもないのに。彼女には彼女の深い傷があって、それを償われる権利があるのかもしれないのに。

「あのね……」

ふと、何か言おうとした女の掠《かす》れた声に、花屋の裏口が開く音が重なる。惑いを隠さずその音の方を見て、何か踏ん切りがつかないように彼女はその場を駆け出して行ってしまった。

ほどなく龍が、部屋着のまま往来に顔を見せる。

「明……」

そこに立ち尽くしている明信を見つけて、驚いたように龍は足を止めた。

もう来ない方がいいと言われたことを思い出して、何も言えず明信が俯《うつむ》く。

「今ここに、誰かいなかったか？」

躊躇《ためら》いを覗《のぞ》かせながら龍は、ちらと辺りを見て明信に聞いた。

「……知ってる女の声がした気がしたんだ」

言えずに俯いた明信の答えを待たずに、気のせいだったのかと龍は問いを終わらせる。

「いまさら、俺のとこに来るはずなんかねえか。ちっとノイローゼ気味だな」

冷たい夜の風が吹いて、龍の髪を攫《さら》って落とした。

「ごめん……僕何も知らないのに勝手なことしちゃった」

その言葉に、女が何か龍に恨み言を言いに来たと思ったのは誤解だったのかとはっとして、慌てて明信が顔を上げる。

「ここに今女の人がいたんだ。龍ちゃんの部屋の窓見てた。なのに僕追い返すようなこと言っちゃって……追いかけて、すぐっ。まだ間に合うから！」

とんでもない間違いをしてしまったと焦って、明信は龍の肘《ひじ》を引いた。

人の気配のない角を見ながら、龍は追おうとしない。

「……勘違いすんな、明。そういうんじゃねえんだ」

肘を掴む手を解いて、「ここは寒いから上がれ」と、小さく龍は言い添えた。

「その女が撚《よ》りを戻しに来たりする訳ねえし、俺もそんなこと待ってる訳じゃねえんだよ。ただ、今でも俺のこと許せねえでいるだろうから」

裏口に回る龍の背に、冷たいコンクリを踏みながら明信が従う。

「幸せじゃねえなら、俺に恨み言の一つも言いに来るかもしんねえってな。思って」

独り言のように言って、龍は階段を上がって行った。

龍が開け放したドアを閉めて、いいのだろうかと思いながら明信も二階に上がる。

台所に立って、乾いた洗い場の前で龍は、新しい酒瓶の口を切った。

「時々そいつが俺を詰《なじ》りに来る夢見る」

生《き》のまま、底の深いグラスに無造作に酒を注ぐ。

「起きると寝汗でびっしょりだ、いつも」

鼻で自分を笑って酒を煽《あお》ろうとした龍の手を、咄嗟《とっさ》に、明信は摑んで止めてしまった。

酒を飲んでもいいことはない、体にも悪いと、いつもの自分なら口をつくのだろう小言は出ない。ただ精一杯の力で、訴えるように明信は龍の手を止めた。

「……そうだな。酒に逃げても、何も変わらねえ」

怒らずに笑って、龍は明信の気持ちを汲《く》んで酒を流してしまった。

「一旦落ちると、しばらく上がれねえんだよ。飲んでもな、ホントにどうしょうもねえ」

洗い場にグラスを置いて、流しの縁に龍が手を置く。

「だけどその方がいい、忘れちまうよりは」

そこに強く寄りかかって、自分に言い聞かせるような声を、龍は落とした。

「……どんな、女だった」

そして一呼吸置いて、明信を振り返る。

「髪の茶色い、ちょっと志麻《しま》姉に感じの似た」

「それじゃあわかんねえなあ」

もう随分と時間が経《た》っているし、昔の女はみんなそのタイプなのだろう。正直明信も、あの女を志麻が持っている昔の集会の写真でそれこそ何人も見たような気がしている。

「族やめて十三年か」

背を返し腰で洗い場に寄りかかって、龍はポケットの煙草《たばこ》を探った。

「誰にどんだけ恨まれても、文句言えねえわ。俺」

器用に片手で取り出した一本を銜《くわ》えて、火をつける。

薄暗い台所に、紫煙が上がる。ちりと、音を立てて煙草の先は、強く冷えた夜気を吸って一瞬赤く燃えた。

「なんであんな真似したんだろうな。戻れるならあのころに戻って……全部やり直せたら」

何度もそれを考えるのだろう伏せられた目は、決して間違いのあった場所に帰れないのをよく知っている。

「何言ってんだ、俺」

繰り言をあざ笑った龍に言葉が見つからず、強く流しの縁にかかっている手に明信は触れた。

「……あのころは自分が、この世で一番よええみてえに思ってた」

触れられた体温に呼ばれるようにして、少しだけ、龍の声が強ばりを捨てる。

「誰にでも負けてるし、毎日誰かに殺されてるみてえな。誰も彼もが、俺を責めてるみたいに」

風が訪れて窓を鳴らしたけれど、二人の耳には届かなかった。

「何しでかしても、自分が悪ぃなんて思いもしなかったな。俺にそんな真似させる奴が悪ぃんだぐれえに思ってたよ」

「……今の龍ちゃんは、違うじゃない。全然」

「俺本当に、人殺したことあんだぜ？」

慰めにもならないのだろう言葉をそれでも継がずにはいられない明信を遮《さえぎ》って、酷く荒《すさ》んだ顔で龍は口の端を上げようとする。

「自分のガキ」

そうして自分を貶《おとし》めるために笑おうとする龍を明信は何度も見た気がしたが、いつも、唇の端がきつく張って揺らいでいた。叫ぶのを堪えるように。

「十七のときによ、付き合ってた女が孕《はら》んじまって。ろくに避妊もしてなくてな。女の親父がアル中で、当たり前だけど親父怒ってそいつ家にいらんねえっつうから」

ただ聞くことしかできないでいる明信に、指の先で煙草を終わらせながら龍は言った。

「俺がなんとでもするっつって、二人で先輩んとこ転がりこんで。一応左官の見習いに出てみたりしたんだけどよ」

そのまま髪に持って行かれた煙草の先から灰が落ちて、消えかけた火が髪を焦がす。

「働いたことなんかねえし。族じゃあ一番上で好きにやってたときだったから、上からああだこうだ言われてやんなっちまって。まだ親父になんか、ホントはなりたくもなかったし。仕事行かなくなって、女んとこ帰んなくなって。そんで……女が俺探しに来てよ、どうすんのよこの子あたし一人じゃどうにもなんないわよって」

やんわりとその煙草を取って、あまりの龍の指の冷たさに明信は目を伏せた。

「んじゃ堕ろしちまえよっつったら、急に腹押さえてうずくまって。後はひでえもんだった、病院に連れてったときにはもう俺の手も血まみれで」

その色を今でも鮮明に覚えていてか、龍が煙草の失せた指を眺める。

「いらねえっつったから、死んじまったんだよ」

何かを引き留めて手を握り締めながら、その空しさを味わうようにいつまでも龍は手を見ていた。

声が出ず、明信の指が凍えた龍の手を追う。

けれど拒んで、龍は手を振り落とした。

「……そんで一応家に帰ったんだけど俺も女も。向こうの親父さん店に怒鳴り込んで来てな。娘傷物にされた、二人でどうにかすんじゃなかったんか。どういうつもりだって。なんだかんだ言って、生んで欲しかったとか言ってな。お袋が頭下げて金包んで」

それは全《すべ》てこの家で行われたことで、何処でどんな風に母親が泣いたか、今も少しも龍は忘れていない。

「もう世間様に顔向けできない、恥ずかしくて店やってられないって。女の子そんな目に遭わせて、本当に情けないって泣いて。結婚したアネキのとこに世話になるっつってお袋店畳んじまった。土地は死んだ親父のもんだから手放せねえけどって」

その父親の位牌《いはい》も母親が持ち去ったこの二階には、もう家族のいた気配は残っていなかった。

「本当は親父のやってた花屋を、お袋はこの町でずっとやってたかったんだ」

随分とまともに顔を合わせていない母親は気が強く強情だったのに、龍が思い出すのはいつも落ちた肩の老いだけだ。

「そんで俺はこれからどうすんだろうなって、もう考えんのもいやで。ちょっとしくじってガキができたぐれえでなんでこんな……もっとうまくやってる奴もいるって」

偽悪ではなく、自棄《やけ》のような一人の時間の中で、本当にそんな風に思ったことも龍は明信に教えた。

「なんだろうな、うまくやるってよ」

その愚かさを、よく覚えていて。

「おまえにさ、ゼッケンつけてやったころだ」

ふっと、顔を上げて龍は、驚くほどやさしい目を一瞬だけ明信に見せた。

「志麻とちょっと、話したくておまえんち行ったんだあん時。別に志麻がなんとかしてくれると思った訳じゃねえけど、女のことでは志麻も俺に死ぬほど怒ってたし。したら顔見るなりゼッケンつけてやってくれって怒鳴られて、んだよかったりーとか思いながらおまえんち上がったら」

多分それは、志麻に怒られたかったのではないだろうかと、聞きながら明信がぼんやりと思う。大河や丈《じょう》のそういう自罰的行動に、明信は見覚えがあった。

「おまえが誰もいねえ家の、居間の隅っこで。膝抱えて泣いてて」

小さな子供を見るように、思い返す龍の目線が下がる。

あの午後の同じ風鈴の音が、二人の耳に同じように返った。

「情けなくて死にたくなったな、あんときは」

眉を寄せて、溜息のように少しだけ龍が苦笑を漏らす。

「この世で一番よえーとか、誰かが俺を責めてるとか。俺、なんでそんな馬鹿みてえなことに怯《おび》えて粋がってんだろって」

開け放してあったあの窓から吹き込んだ夏の風を追って、龍は明信を振り返った。

「こんなちっこいガキが、誰も責めねえで誰にも見られねえように声殺して泣いてんのに」

目を合わせられて動けず、ただその痛みをまともに明信は受けるしかない。

「何やってんだ俺って」

見ていられなくても目を逸らすこともできなくて、明信は指の先にきつく龍のシャツを摑んだ。

その指に小さく笑んで、龍が息をつく。

「だからおまえは……自分で思ってるよりずっと強いよ。知ってるって言ったのは、ごまかしや嘘じゃねえんだ。俺はあの時おまえを、ちゃんと見たから」

言いながら明信の髪に大きな手が触れて、けれどいつもより力無く髪をくしゃくしゃにした。撫《な》でた手は下りずに、少しだけその強さに縋るように頭を抱いている。

そんな自分を咎めて、龍は強く明信の肩を押して勝手を離れた。明かりをつけないまま畳に座り込んで、明信に背を向ける。

「俺はこういう人間だからよ、明」

街灯の明かりが窓から入り込んで、肩の影を明信に見せた。

「なんも期待すんな。あんな真似しといて悪ぃけど。今も誰かに、責任負えるような人間じゃねえんだ。おまえには……なんかしてやりてえけど」

躊躇いながら思いがけないことを、龍が口にする。

「できねえよ、何も」

短く、その望みは終わらされてしまったけれど。

肩の影さえ、レンズ越しの明信には見失ってしまいそうになる。だから眼鏡を外して、覚えている輪郭を探して明信は居間の戸口に立った。

「マジで、もう帰れ。おっさん危ねえからよ」

膝に頬杖をついて、頭を落としたまま龍は明信を追い払う。

「……な？」

呼びかけられた、何処か袖を引くような声を、暗がりに明信は聞いた。

大きさや、強さではなく。

ふと、持て余すばかりの自分の、収まる場所をずっと明信は探していたような気がした。

背にそっと歩み寄るとそこは、寒そうで痛そうで、置き去りにすることなどできない。

この間のように震えたりしない指で、屈《かが》んで明信は後ろから龍を両手で抱いた。頬に頬を寄せて、同じ体温になるために温《ぬく》みを渡す。

「帰らない」

声を落とすと、この部屋はどんなに寒いのか息が白く灯った。

「俺がおまえにどんな真似したか、覚えてもいねんだろ？」

凍った息を見送って、問いかける龍の声が揺れる。

酒に酔って、正気を失ったと思っていた晩のことを、明信は思った。

夢に何度も見た。寂しさとやる瀬なさに胸を摑まれると、記憶の底から沸き上がって夢は明信に触った。

「……覚えてるよ。龍ちゃんがどんなに、やさしかったか」

きつく、叶《かな》う限りの力で明信は龍を抱いた。泣いていた自分に触れた手と同じものを返したくて、指先が焦れる。

撓《たわ》んだ指を、龍の乾いた手が惑いながら取った。

静かに腕を引かれて、胸の中に明信が納まる。

人肌を求めて龍の腕は、すぐに深く明信を抱いた。けれどもう決して誰も傷つけまいと唇は、額に、瞼《まぶた》に、意志を問うてゆっくりと滑って行く。

欲しがるまいとしながら本当は人恋しいのだろう指が、唇が、明信には辛《つら》い。やさしすぎる揺らぎが、肌を切なく焼いていく。

背を抱きたくて手を伸ばすと、龍は倒れ込むように明信を畳に寝かせた。

熱に浮かされてももう泣くまいと必死で、合わせられた唇を明信が受け止める。髪に指を伸ばして、背を抱いて。

「……っ……」

なぞられた耳たぶを甘噛みされると、息の継ぎ方がわからずに明信の喉が反った。

「ん……っ」

吐息をかけられて、聞き慣れない自分の声が明信を追い詰める。

「明」

襟元《えりもと》に指を伸ばしながら、躊躇って龍は肩を浮かせた。

「……見ないで」

自分でも知らぬそんな顔を見られるのは堪らなくて、咄嗟に明信は腕で目を隠してしまう。

肌を脅かさない龍の手が、そっと、明信の手首を摑んだ。

腕を取り払われて、いたいけなものを憐れむような龍の目と、明信の目とが出会う。

「おまえにそんな顔させちまうなんて」

水に荒れた手が、明信の頰に宛てがわれた。

「本当にどうしょうもねえ男だな、俺は」

ささくれ立っていても、少しも痛くない。

痛いものはもっと、手を伸ばしがたい場所にあって。

「……龍ちゃん」

そうしようとして龍が外さなかった襟の一番上を、明信は自分から外した。それが精一杯で後は目で、ここへと、呼び込む。

寒さを、疵を。

投げ出した慰めに溺《おぼ》れて、龍は明信を抱いた。

それが明信には望みで、龍の背を腕の中に抱きとめる。両腕の中に、明信は渡せる限りの情と慰めを注いだ。

瞼の向こうがぼんやりと赤くて、陽が高いことを頭の隅で知る。目を擦《こす》りながら目覚めて、そんな風に眺める二度目の景色を明信《あきのぶ》は眼鏡を探しながら見回した。

「無断外泊……しちゃった……」

いつ意識が途絶えたのか、ちゃんと布団《ふとん》に包まれているが龍《りゅう》はいない。

明るい窓の方を眺めて、自分が起きたのが道で遊ぶ子供の声のせいだと明信は気づいた。今日は日曜日だ。

「心配してるかな、大河《たいが》兄」

酒を飲み過ぎて帰らないことなど丈《じょう》ならたまにあるが、明信は一度も家に連絡を入れずに外に泊まったことがない。もうそんなことで小さくなるような年齢でもなかったが、怒られることは間違いなく、明信は憂鬱《ゆううつ》になった。そうでなくとも最近心配をかけている。

見ると枕元に、明信の衣服が畳んであった。その上に置かれた眼鏡をかけて、気だるい体を無理に動かして服を着込む。

目元が、乾いて少し痛かった。結局泣いてしまったのだろうか、重みと熱さを抱きとめるのに必死でよく覚えていない。

シャツの袖から出た疲れた手を、明信は眺めた。何か、してやれただろうか龍に。また後悔をさせただけなのではないのだろうかと、顔を合わせるのが怖い。

しばらく膝を抱えていると、階下の物音が微かに聞こえた。立ち働いている、龍の立てる物音だ。

布団を畳んで、明信は立ち上がった。台所で水を一杯飲んで、階段を降りる。

「……おはよう、龍ちゃん」

気づいているのに振り返れないでいる背に、明信は声をかけた。

「早くねえぞ、全然」

時計を指して、龍が笑う。

明るさにどうしても無理が覗いて、昨日のことをもう明信は悔やみ始めていた。

「……明、昨日は」

無理が声に映ったことに自分でも気づいたのか、ごまかさず龍が改まった声を聞かせる。

「謝られたら、辛いな」

「ばか」

続きを聞くのが怖くて下を向いた明信に、眉を寄せて龍は手袋を取った。

半分開け放したガラス戸の外を、小さな子供が走り回る声だけが響く。日曜は却《かえ》って、人通りが少ない。

顔を上げない明信に歩み寄って、髪を肩に、龍は抱いた。

「……どうすっか、これから」

少し当てのない声で、髪に頬を寄せながら龍が呟《つぶや》く。

何処か委ねられているような響きに、明信は途方もないような気持ちになった。どうする、と問われればどうすることもできないと答えそうになる。

「龍ちゃん、困ってる?」

目を見ないで、明信は聞いた。

微かに髪を撫でていた龍の指が、止まる。答えの代わりに触れるだけのキスを龍は施したけれど、そのまま離れて明信に背を向けてしまった。

——どうすっか、これから。

指を伸ばし合って抱き合った夜には、行き先など考えもしなかった。沈黙が、先のなさを教えているようで肌に刺さる。

本当は一つだけ、明信には昨日の晩叶えたいことがあった。けれどそれは、とても難しいように今は思える。

「明、俺……」

「……あの」

肩でほんの少し振り返って、何を言おうとしたのか明信を呼んだ龍を、店の入り口から女の声が止めた。

昨日も聞いた声だと気づいて、ハッとして明信も戸口を見る。

手元に何かを引いている女は顔を向けた龍を確かめて、懐かしさだけとも言えない複雑な表情で頭を下げた。

息を、龍が飲み込むのが明信にも見て取れる。肩が酷く揺らいでいた。やはり昨日龍が語った女なのかと、どうしていいのかわからず明信が壁に身を寄せる。

「……尚美《ひさみ》」

随分長く感じた間の後に、龍は女の名を口にした。

「久しぶり」

歯切れの悪い言葉が、歳月を越えられずに交わされる。

「元気か」

「うん」

曖昧に笑って、女は気まずげに龍から目を逸らした。そして明信に気づいて、ハッとしたように頭を下げる。

「あの……じゃあ僕」

「いいの、あたしすぐ帰るから。それに」

女の目が龍と二人きりになることを拒んで、席を外そうとした明信を引き留めた。

「あんた、昨日の人だよね」

何故だか酷くやさしく、女が明信に笑いかける。一旦目を伏せて、女は顔を上げて龍を見た。

覚悟するように強ばる龍の目が、ふと、女が揺らしている右手の先に止まる。

「一昨年結婚したんだ。あたし」

その目が何を見ているのか悟って、息をつくように女は言った。

龍の肩から、ほんの少し気負いが落ちる。

「……幸せか」

「うん。全部……話してさ、あのころ自分のしたこと。そんでもいいって言ってくれて。それで……それでさ」

堅い声で尋ねた龍に、早口に女は答えた。

「この子、春に、生まれたの」

右手でベビーカーを少し前に押して、花の影に隠れていた赤ん坊を、女が龍に見せる。

「……そうか」

健やかな子供を眺めて、全身の息が抜けるほど大きな息を龍は足元に落とした。酷い流産の仕方をしたから、それが龍には一番不安だったのだ。

どれだけ龍が安堵《あんど》したかわかって、小さく、明信も後ろで吐息をついた。

「あたしあの後、ずっと死にたい死にたいって思ってた」

その安堵を遮って、女がまた龍を見つめる。

「子供の声聞こえるみたいで、あんたのこといっぱい責めて」

「俺のせいだろ、全部」

「あたしもあの子、いらないって…思ってたんだよ。本当は。だからきっと…だけど自分のせいなんて思ったら耐えられなくて」

自棄ではなく言った龍に少し驚いた目をして、女はやわらかく首を振った。

口に出した告白が、今でも女を苛《さいな》むようで見ている明信にも辛い。

「堕ろしちまえって、言ったのは俺だ」

「あんたのことも、許せなかったけどさ。もちろん。だけどあんたを待ってる間だってあたし」

言葉を継ごうとして、言えず、女は喉を揺らがせた。

「本当言うと、ちっともおなかの子大事にしなかった」

どんなことをしたと言うのは耐えがたいのか、大事にしなかったと悔やんだだけで充分女の目に暗さが帯びている。

「……親父さんは？」

そんな話をいまさら女にさせたくはなくて、龍は無理に話を変えた。

「うん、喜んでた。孫の顔見て、酒やめるって言ってたんだけど」

かつては憎みもしたのだろう父親を語る目が、酷くやさしい。

「おかしな話だね……夏にさ、心不全でぽっくり逝《い》っちまった。ちょっと気が抜けたよ、手がかかるじじいになると思ったからね」

寂しそうに故人を惜しんで、女は目を伏せた。

「そうか……」

「そしたら、なんか不意にね」

悔やみを告げようとした龍に笑って、女は声を高くする。

「あんたに、この子抱かせてやってもいいやって思ってさ。あたし」

思いがけないことを言って、女はベビーカーに屈んで小さな赤ん坊を母親の仕草で抱き上げた。

目の前にあたたかな存在を見せられて、受け入れられず龍の足が微かに後ろに引く。

「抱いてみて」

強いるように、女は子供を龍の前に晒《さら》した。

「……おまえの大事なガキだろ。俺なんかに……」

「抱いて」

触らせるなと言おうとした龍に、きつく、女が言いつける。

唇を嚙んで、指を伸ばすだけで自分が壊してしまうかのように龍は、辛く温もりを見つめた。

引かない女の願いを聞いて、怖ず怖ずと両手をその子に伸ばす。

胸に渡されて、少しぐずって子供は肩を捩《よじ》った。

ぎこちない手で、やがて深く龍が赤ん坊を抱え込む。遠い日に死なせてしまった子を、思わ

ないでいられる訳がない。

「……小せえな」

「……うん」

掠れた呟きがぽつりと二つ、露を持つ花の上に落ちた。

「その子が産まれたから」

まだ迷うものがあるように、女の唇は開いては閉じる。

「あんたのこと許す気になった訳じゃないんだよ。もう何年も前にあんたのことは考えなくなった……今でも憎んでないのかどうかわかんないけど」

許すと言う言葉をさりげなく流して、それでも彼女は龍に聞かせた。ぎこちなく龍が抱いている子供に手を伸ばして、目を伏せてゆっくりと自分の腕に戻す。

「なんかあたしも生きてかなきゃなんないって思ったら、あんたはどうなのかなって思って。あたしたち同じ酷いことして、おんなじ罰受けなきゃなんなかったのに」

「おまえは体が……傷ついたじゃねえかよ」

「……うん」

それを忘れることは難しいと、複雑な声を彼女は返した。

「でももしあんたが今幸せじゃなかったら」

ぐずり始めた子をあやして、ベビーカーの中に女が赤ん坊を寝かせる。

「幸せになってよって、言いたい気がして。時々、そんなこと考えて。最後に見たあんたの顔思い出すと……なんか今でもそのままなんじゃないかって思ってさ」

用は済んだと、そんな風に勢いをつけて女は背を伸ばした。

「もう会わない方がいい気もしたから、迷っちゃって。何度かそこまで来たんだけどね」

ベビーカーを引いて彼女が、ちらと明信を見て笑う。

「あんたが昨日言ってくんなかったら、やっぱり来なかったかも」

ありがと、と小さく言って、女はもう龍と明信に背を向けてしまった。

「龍」

敷居を越えて往来に出ようとしながら、何げなくもう一度龍を呼ぶ。

「もう、幸せになって」

「……尚美」

行こうとする女の背に、一歩だけ龍は歩み寄った。

「ありがとうな」

微かに立ち止まって、女は龍の声を聞く。溶けることのない蟠《わだかま》りはまだ確かにそこにあったけれど、女は頷《うなず》くような仕草をして店を出て行った。

ベビーカーのタイヤがアスファルトを行く音が、段々と小さくなって、やがて聞こえなくなる。

長い息を、龍は爪先に落とした。

立っていられないのか、下を向いたまま階段の上り口に龍が座り込む。

足に肘をついた両手で龍は頭を抱え込んで、傍らに立っていても明信には顔が見えない。

一つの不安が、龍の中から消えた。新しい命が訪れて健やかに幸福になった女を見ることができて、長い間飼っていた後悔が少し癒えている。

けれどもし、十七の折りの出来事のせいで女の元にあの赤ん坊が訪れなかったら？

きっともう、それを龍は思い始めていると、髪に埋もれる指先を見て明信は眉を寄せた。女に訪れた幸いのために、自分は祈る以外何もしていないと龍の指が戦慄《おのの》いている。腕の中に抱いた温みが、駄目にしてしまったものの重みを改めて龍に思わせる。

「自分で駄目にして店必死こいてやって、償ってるみてえなつもりでよ……」

負の思いに、安堵はたちまち飲み込まれて行った。

「何が取り戻せると思ってたんだか」

笑うように短く吐き出された息が、腕の合間から漏れる。

血の気のない指が辛くて、明信は無意識にそこに手を伸ばした。

「……よせ」

頭を抱え込む腕ごと抱こうとした明信を、静かに、龍が拒む。

「いまさら、あったけえ思いするなんてできねえよ」

顔を上げて龍は、明信に首を振った。捨てて来たもの壊して来たもの、その己の行為の全てが押し寄せたように、唇が乾いている。

「だけど龍ちゃん……あのひとは」

許しに来たのだと、言おうとして明信は目を伏せた。

そんなことは龍もわかっている。今も龍を許せないでいるのはかつての少女ではないのだ。

「龍ちゃんは龍ちゃんを」

伸ばし切れない指を、空に、明信は迷わせた。

「ずっと、許さないの？」

問いかけて、自分の手が冷えていることに気づく。頼りない、冷たいその腕で、不意に明信は視界がいっぱいになった。

包み込めない手の向こうに、龍の自分を拒む横顔が映る。

龍が何も悪くないとは、もちろん言ってはやれない。もう充分だろうと自分が言うのも、明信には烏滸《おこ》がましく思える。

ならせめてその永遠に癒えることのない疵の側に、いられないだろうか。触れて、慰めることは無理だろうか。昨日龍の背を抱いて、明信が願ったことはそんなささやかなことだったのだけれど。

泣いてくれたら涙を拭えるのに、龍はただ一人で断罪の中に身を置いている。

浮いている指で、できることは何も見つからなくて、静かに明信は龍の側を離れた。

「……行くね」

残せる言葉もろくに探せず、小さく呟いて花の間を通る。背に動かない龍の気配を感じたまま、往来の冬の日差しの眩《まぶ》しさに、目を射られて明信は足元を見た。

よく知っている、臆病な爪先だ。

恋愛に晩生《おくて》だったというところもあるけれど、傷ついている人を見ると明信は、その人にできることは何もないのではないかと怖くて足を引いてきた。守られて、小さな輪の中にいる、持ち得るものの少ない自分にはどうしてやることもできないと。

ここを離れて行きたくない気持ちが、強くある。それでも爪先はもうあきらめて、眩《くら》んだ視界の先を歩いて家に帰ろうとしている。

指で作った輪の中に、帰ろうとしていた。

「明ちゃんじゃん、どうしたんだよ。どっか行ってたの？」

商店街を抜けたところで、明信は駅から来たのだろうすぐ下の弟と出くわした。外泊した丈は、昨日と同じ姿で短い髪に寝癖をつけている。

「……朝帰り」

自棄のような気持ちで、明信は俯いて笑った。

「嘘、珍しいじゃん」

兄の口にまるで似合わない台詞《せりふ》に目を丸くして一緒に家に向かいながら、ふと、いつもとは違う複雑な目で丈は明信を見た。

「……なんて、ホントは今までもオレが気づかないだけであったのかな」

「朝帰りが？」

「それもだけど」

曖昧な言い方で明信を惑わせて、その先を丈は継がない。

「聞いて聞いて。オレさあ、彼女とちょっと話しちゃった」

不自然なほど明るく話を変えて、丈は頭の上で両手を組んで明信を見た。

「今度は何処の定食屋の女の子だっけ」

今そんな話に付き合うのは辛かったけれど、無理に笑んで明信が丈を見上げる。

「あ、その言い方。ラーメン屋のバイトの子だよ」

「おまえはご飯食べさせてくれる人に弱いから……僕だって丈にはプロポーズされたことあるよ。初めてチキンオムレツ作ってあげた日」

一生これ作ってと大騒ぎされた十年前のことを思い出して、明信はやっと少し気持ちが解《ほぐ》れて笑った。

「兄弟も男同士も結婚できないんだよって、こんこんと諭《さと》すのが大変だった」

「オレの初恋なんだろうなあ、それ」

「チキンオムレツがね」

ぼやいた明信に、声を立てて丈が笑う。

けれどその笑顔は何故だか、らしくなく小さく萎《しぼ》んだ。

「オレ……バカだからよくわかんねんだけどさ」

聞いたこともないような神妙な声で、ポケットに手を突っ込んで丈が何か違う話を始める。

「明ちゃんのことすごく傷つけたりしたことある？」

唐突にそんなことを問われて、驚いて明信は丈を見つめた。

まるで不得手《ふえて》な話を無理に始めたのか、気まずげに丈は目を逸らしている。あると、言われるのを恐れているように。

「なんで、急にそんなこと」

「最近明ちゃん変じゃん。ずっと」

子供のように唇を尖らせて、丈は足元の小石を爪先で蹴《け》った。

「留学の話が出た時さ。オレ、明ちゃんに行って欲しくないってのももちろんあったんだけど。なんか」

静かに話すのは間が持たないのか、ポケットからもう指を出して鼻の頭を丈が掻く。

「明ちゃんがそんな遠くに、行きたい訳ねえって思い込んでて。だけど勇太がさ、ホントは行きたいんじゃねえのかみたいなこと聞いてたじゃん」

大河との話し合いに忙しくて明信の記憶には残っていないことを、丈は取り立てた。

「そんなこと、考えてもみなくてさ。だってそんなの、オレにやさしい、オレに都合のいい面倒みてくれる明ちゃんと……違うから」

「行きたくなかったよ、本当に」

「兄貴に、もっと自分のこと考えてくれっつって泣いた明ちゃんも。なんか」

慌てて首を振った明信に苦笑して、丈は話を続ける。

「なんかさ」

馴染《なじ》まない寂しさのようなもの、覗かせて。

「こう、すげえ狭いとこに」

長い腕で丈は、狭いと言いながらも精一杯の広い輪を空に作った。

「オレ、明ちゃんのこと閉じ込めてた気がする」

力強く、どんなときもどんなものからも守ってくれそうな腕は、酷く居心地よく明信の目に映る。

「明ちゃんは絶対出てったりしない、何処にも行かないでずっと家にいてくれるって。自分が出てくことがあってもさ、明ちゃんはそこにいて待っててくれるって」

決めつけていたと、呟いた丈の声が掠れた。

咎められることを待っている丈の腕を見つめたまま、家の手前で明信の足が止まる。門の中ではバースが、二人の帰宅に気づいて小屋から出て来た。

「……違うよ丈」

問うように並んで足を止めた丈に、明信が首を傾ける。

「その狭いとこに、僕は居たかったんだ」

出ようと足掻《あが》きながら結局はそうする勇気がなかったのだと、丈が広げた腕の深さに明信は思い知った。

「自分でそこに入って……出たくなかった。本当は。出なくちゃいけないってわかってたのに」

もしかしたら家族を誰よりもよりどころにしているのは自分だと、外と交わることをしない自分に改めて気づく。

「できないかもしれないことをするのが、怖くて」

小さくあろうとする自分を許してくれる場所は、どんな寝所より心地が良かった。

そうして、他人に何も分け与えずに来たのだ。自分はきっと。伸ばせなかった指の先に、本当はできることがあったのかもしれないのに。抱きしめられるのを待つ人が、いたのかもしれないのに。

——いまさらあったけえ思いなんてできねえよ。

温かいと、龍は言っただろうか。

「明ちゃん!? な、泣いてんのか? オレのせいかもしかしてっ」

「な……泣いてなんかないよ」

玄関先で騒がれて、慌てて明信は眼鏡の下を拭った。

「泣いてんじゃん、オレが泣かした!?」

「違うって、僕最近涙腺緩くて……っ」

「あ！　明ちゃんっ」

顔を覗き込もうとした丈を押し返す明信の後ろから、かん高い真弓《まゆみ》の声が響く。

「龍兄のとこ聞きに行ったのに、すれ違いになっちゃった。無断外泊なんて、大河兄すごい怒ってるよ。どうしたの？」

今帰ったと龍に言われて戻って来たのか、連れ立った真弓と勇太《ゆうた》が駆け足で近づいて来た。

「龍兄のとこ泊まったのか？　明ちゃん……無断外泊って。なんだよそしたら泣いてんのも龍兄になんか意地悪されたのかもしかしてっ」

きょとんとして真弓と明信を交互に見ながら、獣の勘なのか丈が一足飛びに結論にたどり着こうとする。

「意地悪て、ガキやあるまいし」

「え!?　明ちゃん龍兄になんかされちゃったの!?」

諌《いさ》めようとした勇太の声を聞かず、ただでさえ疑っている真弓が丈の言葉を曲解した。

「な、なんかされたってなんだよっ」

町内の青年団長に何かと叱《しか》られては連戦連敗の丈も龍が突然見舞いに来たときから某《なにがし》かいやな予感を感じていて、真弓の言う「何か」に激しく反応してしまう。

「ちょっと待ってよ……っ」

「どうしたの玄関先で騒いで」

「明信！　何処行ってたんだ連絡もしねえで!!」

二人を止めようと口を開いた明信の声をかき消して、家の中から秀と大河が現れた。

「ごめんなさい……泊まっちゃって」

「泊まるなら泊まるってなんで言ってかねんだよ、ふらっと出てったまま帰って来ねえで。心配すんだろ!?」

「本当にごめん」

当然の説教をする大河に抗《あらが》う気はなくて、素直に明信が謝る。

「とにかく中に入れ。何処に行ってたんだよ」

憤りは納まらず、大河は強く明信の腕を摑んで玄関に押し入れようとした。

「でも……僕」

勢いに上がり込んでしまいそうになりながら、留まって明信が置いて来た人を思う。

このまま——彼を温もらせるために何もしないまま、家へは帰れない。

「ごめん大河兄、後で叱ってくれていいから。僕、行かなきゃならないとこがあるんだ」

眼差しの先に行こうとする場所を見据えて、足はもう戸を離れようとしていた。

「龍兄のとこに行くのか？　なんなんだよ、まさか明ちゃん……っ」

けれど行かせずに真弓の言葉に惑わされたままの丈が、そんな想像はしたくもないと声を荒らげた。

「龍兄？　龍兄のとこに泊まったのか？　明信」

話が見えず問い返した大河に、家人を待つ玄関がしんとする。

「なんで」

この間感じた嫌な感じをまた胸に返して、眉を寄せて大河は明信に聞いた。

「……なんでもいいじゃない。話し込んじゃったんでしょ、とにかく上に」

「よくねーよっ」

場を宥《なだ》めようとした秀に従わず、むっつりと丈が顔を顰める。

「だってなんかされちゃったのって今まゆたんが言ったぞ！」

そもそも自分が意地悪をされたのかと聞いたからだなどという話の縺《もつ》れは頓挫《とんざ》して、龍言うところの土佐犬ぶりを発揮して丈は吠《ほ》えた。

「そんなんじゃないよ、そんな風に言わないでよ」

どうしてこう話が飛躍するのが早いのかと置いて行かれそうになりながら、慌てて明信が丈の肩に触れる。

その龍を庇《かば》う様が全てを物語って見えて、けれど信じたくはなく兄弟たちは息を飲んで明信を見つめた。

「そんなんじゃないならどんなんだよ。オレやだかんな、そんなの。絶対認めねえから！」

もう何かあるものと決めつけて頭に血が上り、さっき口にした反省など何処へやらで丈が喚《わめ》く。

「ほら、なんか援護したり」

一番後ろの引いた位置で眺めていた勇太が、肘で真弓をつついて小声で耳打ちする。

「う……うん」

約束をさせられたことは忘れていなくて、渋々と真弓は口を尖らせて頷いた。

「兄貴もなんとか言ってくれよっ」

「いや……なんかイマイチ飲み込めねえんだけど、俺は」

というより飲み込みたくもなく、ただすべもなく大河は明信がはっきりと否定するのを待つ。

「なんか、されたりしてないよ。丈とまゆたんが飛躍しただけだって」

何故玄関先で家族にこんなことを言わなければならないのかと思いながらも、そんな罪を龍に着せることはできず明信は大河に首を振った。

「なら、いいんだ。泊まっただけなんだろ？　わかったから、なんか用があんなら行って来い。昨日だって電話一本かけて寄越《よこ》せばこんな大騒ぎしなかったんだ。ったく、おかしなこと言うな丈も真弓も」

言いながら自分でも確かに何かがおかしいと大河は訝っていたが、抑えて玄関に上がる。

そんな風に言われたら言われたで嘘をついたような気持ちになって、明信は俯いた。

「あ……ああっ!!」

まだ疑って兄を眺めていた丈が、シャツの透き間に見えた跡に気づいて明信の襟を引く。

「こっ、これってキスマークじゃねえのかよ!?」

「よしてよ丈っ」

「おい、いくら兄弟言うたかてそんなことまで言い立てるんは行き過ぎちゃうんか」

見かねて、明信の襟を摑んでいる丈の手を勇太が摑んで放った。

「なんかあったとしても、少なくとも真弓と大河にはなんも言う権利ないで。そうやろ。明信かてええ大人やし」

シャツの合わせを摑んだ明信を呆然《ぼうぜん》と見ている大河と真弓に、重ねて勇太が釘《くぎ》を刺す。

「……ああ、そうだけど」

そもそもこの場にある疑いが本当なのかどうかもわからず、大河は明信の目を見た。

「なんか、あったのか」

真っすぐに問われて、襟の中をもうごまかせず明信が手を落とす。

「あったとしても……それは僕の、意志だから」

「こういうときは絶対うんって言ってあげるって、言ってたね。ね、大河」

すかさず、何も言えずに口を開けている大河に秀は囁《ささや》いた。

「あ、ああ」

「やだ！」

勢い頷いてしまった大河に、堪えていた悲鳴を真弓が上げる。

「真弓はやだ！　やだやだやだ絶対やだあっ!!」

「せやからなんで幼児返りすんねんっ、真弓！」

恋人の駄々に呆れて、勇太は強く声を上げて叱った。

「だって明ちゃんはやだもんっ！　明ちゃん強情だけど、本当はすっごい繊細なんだからっ。駄目だよ、龍兄となんて捨てられちゃったらどう責任取ってくれんの勇太!?」

いつの間にか追いついて来た背丈で、引き留めるように真弓が明信の首にしがみつく。

「そんなん明信自身の責任やろ。こんな当たり前のこと言わすなアホ！」

「捨てられたらって……全然そんなことじゃ。それに龍ちゃんはまゆたんが考えてるような人じゃないよ」

真弓に摑みかかろうとした勇太を掌で止めて、宥めるように明信は真弓の背を叩《たた》いた。きっと勇太を迎えに行きがてらに真弓は女の出入りを見たのだろうけれど、それを口にしない弟を愛しくも思う。

「わかってるよ！　俺だって龍兄大好きだよ!!　だけど……っ」

「僕が傷つくかもしれないって、心配してくれるんだ。まゆたんは」

それに、驚いたことに真弓は、明信が思っていたよりずっと明信を知っている。時に晒した強情さが負の思いに流されないための、自分を見失わないための必死の抵抗だったことをわかっていてくれる。

「大丈夫、そんなに弱くないよ」

すんなりと、明信は初めて気負いなくそう口に出すことができた。

——だからおまえは……自分で思ってるよりずっと強いよ。知ってるって言ったのは、ごまかしや嘘じゃねえんだ。俺はあの時おまえを、ちゃんと見たから。

見ていてくれた人が、覚えていてくれた人がいる。

——おまえには……なんかしてやりてえけど。

どうしてやることもできない人間だと、多分お互いに思って。それでも、少しずつ指を伸ばしあった。言葉をかけあった。

——できねえよ、何も。

あきらめて手を放した先に、多分まだ何かが残っている。

「オレは龍兄は嫌いだ！」

沈黙に呑《の》まれそうになった場に、声高に丈は抗いを投げた。

「オレが勝てねえときがあるから大嫌いだ!!　明ちゃんが泣いてもブッ飛ばせねえかもしんねえしっ」

「こっちも子供返りかいな」

丈の明信への執着がシスコンやマザコンまがいのものであることを思い知って、呆れて勇太が肩を竦《すく》める。

「泣かないってば、丈」

「さっきだって泣いてたじゃねえか！　絶対行かせないっ。兄貴っ、家長なら黙ってねえでなんとか言えよ!!」

「俺はまだ論点が……」

「目を逸らさないでいい加減認めなよ、多分大河の中にある想像の中の一番信じたくない状況なんだよ。今」

丁寧に遠回しに、秀が大河に現実を伝えた。

「それは駄目だ!!」

「……やっぱり言ってることとやってることが違う」

即座に声を荒らげた大河に、秀が隣で小さく呟く。

「龍兄は俺も好きだ、世話にもなった。でも……っ」

多少なりとも龍を知っていれば明信の手にはあまると、いつか泣くことになると思わざるを得なくて、兄だから余計に悪い想像ばかりが大河の胸を焼いた。

「なんだか」

結局三人して猛反対している兄弟を、場にそぐわないやわらかい声を落として明信が見回す。

「ありがと、みんな。そんなに反対されたら」

真剣な皆の顔を見ながら明信は、覚えず笑ってしまった。

「もっとなんかしでかしてみたい気がして来た」

笑顔で言った明信を、呆然と三人が見つめる。

「……なんでそういう結論になるんだ！」

「そうだよっ、冷静になってよ明ちゃんっ!!」

「訳わかんねえよもうっ」

「冷静になった方がええのもわけわからんのもおまえらの方や」

取り敢《あ》えず明信にしがみついて離れない真弓の後ろ襟を、無理やり勇太は引いた。

「勇気が出る訳だね、愛されてる実感が湧いて」

いらない解釈を、大河の腕を取りながらしみじみと秀が付け加える。

「……おい」

半分開けたままの戸の外から、気まずげな男の声が投げられた。

「往来に丸聞こえだぞ。ったく体裁悪ぃ」

兄弟の間ですっかり悪い男に祭り上げられた花屋の主が、顔を顰めて戸に手をかけている。

「龍ちゃん……？」

よせと、自分の手を払ったはずの龍がここへ来たのが不思議で、問うように明信は名前を呼んだ。

「明ちゃんに何したんだよっ、オレ許さねえかんな！　龍兄!!」

すっかり冷静さを失っている丈が、ほとんど半ベソという勢いですかさず龍の襟首に摑みかかる。

「丈！」

止めようとした明信を待たずに、頭を鷲摑《わしづか》みにして龍は丈を押しのけた。

何故追ったのか、座り込んで二度と立ち上がれないかに見えた階段から離れたのか、問おうとした唇に答えようと龍が丈を押さえたまま明信を見る。

けれど明信は、冬なのに汗を浮かべている龍を見つめたら、もう聞かなくてもいいように思えた。わかる気がした。今自分の心がどんな風に動いたかを思えば。

「帰ってくれよ……っ」

眼差しを交わす明信と龍を遮って、丈が声を上げた。

叫んでおきながら誰の顔も見ない丈に、龍が溜息を落とす。丈の前髪を上げて、目を、龍は覗こうとした。

「泣かさねえよ」

往来で聞いたのだろう言葉を拾って、そう告げる。

「絶対、泣かさねえから」

大河と真弓にも聞かせるように、もう一度龍は言った。

そして自分を振り返った龍に、そんなことは案じていないと、明信が笑う。

「僕……行こうと思ってたのに、今。龍ちゃんのとこ」

離れてしまったことを悔やんでいると、臆さずに明信は龍に教えた。

「俺は」

もう一度交わった瞳に、階段を立った訳を龍が言葉にしようとする。

「なんもしてやれねえって、昨日は言ったけど」

曖昧な唇の端がまだ、微かに迷っていた。

「またおまえが一人で泣くなら」

負えなければ傷つけるだけだと、不安が目に覗く。

「いつまでも……何もできねえとか言ってらんねえかって、思ってよ」

けれどその不安はまだ触れていない、足を踏み出してもいない先にあるものだと、明信が気づいたように龍も知り始めていた。

「……おまえの気障《きざ》にはほんまに呆れる」

よくもこれだけの人数の前でそんなことが言えると後ろで我がことのように赤くなって、味方になってやったことを勇太が少しだけ悔いた。

「茶化すな、人が意を決してやってきたっつうに」

顔を顰めて龍が、恩知らずにも勇太の頭を拳で弾く。

「龍ちゃん」

その手を咎めるように笑って、明信は龍を呼んだ。

「同じこと……考えてた。今」

こんな風に誰かを真っすぐに瞳で追ったことはないと、見つめながら思う。

「しゃあないんちゃうの、これは。なあ」

黙りこくって睨《にら》んでいないで認めてやれと、勇太は三人の顔を見回した。

「なあて」

もっとも納得がいかない風情の丈の尻《しり》を、返事を急《せ》いて勇太が蹴る。

「何がしょうがねえんだよ！　絶対認めねえ、オレは認めねえっ」

もはや感情以上の何物でもなく、言い捨てて丈は靴を投げ出すと二階に駆け上がって行った。

「悪いけど龍兄、俺もとてもじゃねえけどもろ手を挙げる気にはなれねえから。自分のことは棚に上げるようだけどよ、それとこれとは話が別だからよ」

どう別なのか全く説明しないという理不尽さを発揮して、大河がよろよろと玄関右脇の自室の前に上がる。

「……明信」

言いたいことが山ほど痞《つか》えている目で大河は明信を見たが、暗に責めている秀に気づいて部屋に引きこもってしまった。

「龍兄」

退かず真弓は、酷く恨みがましい目で龍を睨みつける。

「明ちゃんに悪さしたらただじゃおかないって言ったよね、俺」

「悪さのつもりじゃねえよ、真弓」

言い聞かせるように真顔で、龍は答えた。

「……正論なんて大嫌い！」

その誠意からは目を逸らして、プイと顔を逸らして真弓は二階へ行ってしまう。

「あいつも普段はあそこまで無茶苦茶なこと言わへんのやけどな。ほんまにかなわんわあの幼児返りには」

やれやれと盛大な足音を見送って、勇太は頭を掻いた。

「まあ、あいつらはただのブラコンなんや。結局。おまえには一番、甘えとるとこあったんちゃうの」

「……うん」

肩を竦めて軽く言った勇太に、くすりと、笑って明信が頷く。

「あーあ、当分機嫌取りやな。貸しやで」

ぼやきながら勇太も、靴を放って二階へ向かった。

「じゃあ僕はこっちの機嫌取ります」

屈んで靴の乱れを直してから、邪魔はしないと秀が指さした大河の部屋に入って行く。

そうなると一人で部屋で大荒れしているのだろう三男が不安で、明信の目が二階を見上げた。

「丈が心配か？」

行ってもかまわないと言うように、龍が明信を見つめる。

「……こんなに大反対されたの初めて」

近くに行って、何処にも行かない、今までと何も変わらないと弟に言いたい気持ちに明信は袖を引かれた。

けれどそれは嘘になってしまう。爪先はもう外へ、歩き出してしまっているのだから。

「秀さんの言うとおりだ、なんか勇気が出る。反対されると」

「おかしな奴だな」

くすりと笑って、龍は晴れた空の下に明信の手を引く。

ついさっきまで目を射る辛い日差しだったのに、視界の明るさが今は明信の高揚を誘った。

「龍ちゃんに」

往来まで出て真弓と勇太のようにはなれず、目を合わせて笑って繋《つな》いだ指を解く。

「僕は何ができるかな」

肩を並べて門灯に立ち止まって、明信は行き止まりだと思っていた道が無限になったように思う自分に少し呆れた。

「ゆっくり……考えていい？」

そんな風に逸《はや》るのは急ぎ過ぎだ。できることしかやれない。けれどまだ触れてみてもいないものがこんなにあると、今まで気がつかずにいたのだ。

「取り敢えず今から店手伝え、放り出して来ちまった」

開けっ放しだぞと、ぼやきながら龍がエプロンの紐《ひも》を結び直す。

「俺も」

酷くやさしい目で振り返った龍の手が、明信の髪に下りた。

「ゆっくり考えるからよ」

くしゃりと、頭を撫でて行った指は遠い始まりの日を明信に思い出させる。いつか、この手が始まりだったとまた振り返ることもあるのかもしれないけれど。

遠くへは、焦らずにゆっくりと歩いて行く。

あとがき

　ちょっとお久しぶりという感じでしょうか。竜頭町三丁目ホモ一家のシリーズも五冊目、このままでは家中、町中……。いやそれも一興。この二人が「子供の言い分」の後書きに書いた一票だけ入っていたカップルです。

　いつも後書きというと何を書いたらいいのか困ってしまうのですが、今回は色々と書くことがあるような気がします。このカップリングには、このカップリングになるまでの紆余曲折《うよきょくせつ》がちょっとばかしございました。

「毎日晴天！」シリーズの一冊目を書いた段階で、大河と秀のカップルのほかに書くことが決まっていたのは勇太と真弓だけでした。明信の話は書きたかったのですが、五人兄弟のうち三人がそうというのもなあ……と思い、要望と機会があればという感じで。

　そして要望は、実のところあまりなかったのであった……。丈と明信のことはそっとしといてやれ、というのが多分お手紙など見ていても一番多いところ。明信の気持ちは書いて置きたかったのですが今すぐでなくても、と思いつつ「子供は止まらない」に龍を出して、どうかなーと軽い気持ちでちょっとだけ反応を待ってみたり（あれしか出てないのに……）。

　そしてアンケートの中に一票、「龍×明信が見たい」という方が。よしこれはありだ！（強引な……）と思いちょっとずつお話を組み立て始めて今に至ります。前巻の「いそがないで。」のときにはもう次は龍と明信の話にしようと思っていたので、微かにこのカップリングの匂いが……しませんでしたか？　しないかなどうかな。

もう龍にしようと思ってから、一巻の時にいつか明信の話を書けたらと少しだけ切ったらしきプロットがひょろりと出て来ました。オープニングだけ一緒で、お相手は大学のゼミの人にしようと思ってたらしい。二十くらい年上のお父さんみたいな教授か、でかくてむさい髭面《ひげづら》の山男みたいな先輩か、とかなりぼんやりした人物像のままあまり私の心に引っかからなかったようで、おとなしくお蔵に入っていました。その先輩は明信のことを心で『クラリス（※「カリオストロの城」）』と呼んでいて（清純であまりお役に立たないから）勝手に可憐なイメージを持ってしまい、明信が「自分はそんな人間じゃない！」と反発しつつ……という話だったようです。どうですかこの話は。クラリス……ちゃんとこのメモ書きが初期設定の紙に残っている。書かなくて良かった気がしてきた。ストーリーには出て来ない明信の大学生活に、ひっそりとこの先輩はいるのかもしれません。今もいじましくクラリスに片思いをしている、ということにして胸の片隅に置いてやってください。

いつの間にか志麻と龍の年齢に追いついてしまいましたが、最初に話を考えた時には確か自分より六つぐらい年上と設定した気がします。積み木崩し全盛期の終焉《しゅうえん》の頃に青春を送った人達。志麻のエピソードにはいくつか、友達のお姉ちゃんの実話を貰って来ています。中学生の丈が喫煙をして、目の前でやれと言われてその通りにしたら碁石握り締めた手で死ぬほど殴られた、という一冊目の話は他人様の実話です。中学の同級生がある日学校を休んだので帰りに寄ったら、そんな訳で顔を腫《は》らしていた。そのすごい姉ちゃんは今思い出しても本当にとんでもなかったです。もうどうしているかもわからないけど、ここからエピソード提供に感謝。

そういえば前巻の感想を読ませて頂いて、意外に反応って自分の予想と違う……と楽しかったです。あの結末だと責められるような気がしていたのですが、「大河はもうああでいい」という人が八割くらい、「もうちょっとなんとかしてやれ」という人が二割くらい。そして世の中にはこんなにも父や兄を憎んでいる人が沢山いるのね……ということを知りました。どうしても自分の兄を連想してしまって許せないという人が結構多くて、でも私もこれが自分の兄だったらやだなあと思いながら書いているので頷いてしまった。なんだか大河は報われない。それでこそ大河なんだろうか。

そんな風に、お手紙読みつつ頑張っとります。活力の素《もと》を、ありがとう。あんまりお返事書けなくてごめんなさい。登場人物のモデルを予想してくださる方々へ追伸。結構当たってます。

いつもいつもあまり芸のないタイトルで、今回のタイトルも一見捻《ひね》りがないようですが、捻りはなくとも苦労はあって丸一日タイトルを巡って担当の山田さんと何度も電話でやりとりをしました。最初「恋する商店街」にしようとしたのですが（しなくてよかった）いやちょっとと言われ、「次男の恋」とか「三番目は花屋で」とかどれでも大して変わらないところをうろうろした揚げ句、「三番目は花屋で冒険！」はどうですかというところまでたどり着いて、「なんて内容全部明かしているタイトルなの……」と立ち止まりました。その後友人が「商店街の花と龍」はどうだと発案してくれてもうそれでいいような気もしたのですが、「そんな団鬼六先生な」とまた思い止どまり。そうこうしているうちにこのような非常に状況説明的なタイトルに相成りました。

『Ｃｈａｒａ』本誌の方で、二宮《にのみや》先生によるこのシリーズの漫画化が始まっています。こんな楽しみなことってないなあ、と一読者の気持ちでわくわくしています。絵の力は私のぼんやりした想像を越えていって、今回の口絵の小さい明信を見たときも「このころの話をもっと書き込みたかった」とイメージが膨らみました。本当に素敵なイメージを頂いて、いつも感謝しています。ありがとうございます。

そしてそして山田さん……。今の私のささやかな夢は締め切り前に耳を揃えて原稿を差し出すことです。実現不可能な夢ではないはず。次こそは……。いつも最後とんだことにしてしまってごめんなさい。お付き合いありがとうございます。

ではでは、ここまで読んでくださった皆様、本当にありがとう。ちょっと緊張しながらの、龍と明信のお話です。楽しんで頂けたらこんな嬉しいことはないのですが。

次は凌霄花《のうぜんかずら》の咲くころ、夏に、またお会いできたら幸いです。

桜のころ、菅野彰

この本を読んでのご意見、ご感想を編集部までお寄せください。

《あて先》〒105-8055 東京都港区芝大門2-2-1 徳間書店 キャラ編集部気付
「花屋の二階で」係

■初出一覧

花屋の二階で……書き下ろし

Chara

花屋の二階で

……【キャラ文庫】

2000年3月31日 初刷
2013年12月10日 10刷

著者 菅野 彰
発行者 川田 修
発行所 株式会社徳間書店
〒105-8055 東京都港区芝大門2-2-1
電話048-451-5960（販売部）
03-5403-4348（編集部）
振替00140-0-44392

印刷・製本 大日本印刷株式会社
カバー・口絵 真生印刷株式会社
デザイン 海老原秀幸

ISBN978-4-19-900130-7